（南唐）李煜 著

杨敏如 编著

李煜词全集

长江出版传媒

长江文艺出版社

图书在版编目（CIP）数据

李煜词全集 /（南唐）李煜著；杨敏如编著. -- 武
汉：长江文艺出版社，2021.4（2022.6 重印）
　　（名家汇释汇评本）
ISBN 978-7-5702-1637-6

Ⅰ. ①李… Ⅱ. ①李… ②杨… Ⅲ. ①词（文学）一作
品集－中国－南唐 Ⅳ. ①I222.843.2

中国版本图书馆 CIP 数据核字（2020）第 107737 号

责任编辑：张远林	责任校对：毛季慧
封面设计：abook studio/小一	责任印制：邱　莉　杨　帆

出版　长江出版传媒　长江文艺出版社
地址：武汉市雄楚大街 268 号　　　邮编：430070
发行：长江文艺出版社
http://www.cjlap.com
印刷：湖北恒泰印务有限公司

开本：880 毫米×1230 毫米　　1/32　印张：4.875　　插页：1 页
版次：2021 年 4 月第 1 版　　　2022 年 6 月第 2 次印刷
字数：131 千字

定价：25.00 元

目　　录

名
家
汇
释
汇
评
本

附录

李
煜
词
全
集

前　言

　　要想真正了解南唐二主（主要是后主李煜）词在词史上的地位、作用，以及他们的创作的美学价值，最好从词的发生、发展说起。

　　隋唐时代，城市商业繁荣，胡夷里巷之乐大盛。为了适应时代的需要，涌现了创造乐的新声、诗的新体的高潮。本来可以吟唱的近体绝句，此时配合西北少数民族的燕乐，使出泛声、和声、重复、衬字等艺术手段，创出新词入乐。文人接触民间新曲子，十分喜爱，他们摇动诗笔，借重清新风格，填写有音乐性、带民间风的新歌词。像李白奉旨所制的《清平调》，当即由梨园教坊演唱佐舞；像王维的《送元二使安西》，远近流行，终于形成送别时众人吹奏的《阳关三叠》。还有宣宗爱唱《菩萨蛮》新调，宰相令狐绹为媚其主，假温庭筠之手，填写新乐章等等。时代使文学与音乐融合为一，填词蔚为风气。加上著名诗家、词人尝试于前，晚唐五代终于在古今体诗歌以外，出现了一种调有定格、句有定式、字有定声的新兴的韵文形式——词。它既便于言情，又臻于节奏。

　　晚唐温庭筠，是词的开山祖。他本是与李商隐齐名的大诗人，但同时又是第一位倾注心力为词并有了词集的大词人。虽然他的词集《金荃》、《握兰》早已散失，但仍有六十多首词被收入《花间集》内。他写词不为抒一己之情，言一己之志，他认为那是诗的事情。他只把词的作用围于灯红酒绿之间。西蜀欧阳炯在《花间集序》中说得明白："则有绮筵公子，绣幌佳人，递叶叶之花笺，文抽丽锦。举纤纤之玉指，拍按香檀。不无清绝之辞，用助娇娆之态。"词在开始，创作的动机和功用如此。自然题材范围偏于窄、描写言辞偏于艳。但是，温词雕绘精绝，使人目迷；融情于境，令人心醉。或者有人认为，温词其文小，其体卑，不过是靠富丽字眼拼凑而成，乃至把词引向"误区"云云，这种评语是不公正的。词的产生，是在特定的环境中、特定的作用下，自有相当的局限性。而温庭筠在词史上，其实功不可没。因为他使这一新的诗体在题材、句法、风格诸方面脱离诗而独立；他并且为词丰富了新的艺术手段，那就是密集物象，创造词境，在浓墨重彩中隐藏情感。他留下不少情辞并茂的好词，如《菩萨蛮》（"玉楼明月长相忆"、"南园满地堆轻絮"）等，它们是绝不隐晦堆砌，言之无物的。十国诗人，如牛峤、魏承班、皇甫松、司空图，连韦庄在内，炼字遣辞无不受他的影响。说他是"花间"鼻祖，是当之无愧的。

词发展到五代十国，出现了新的转折。所谓五代，是指后梁、后唐、后晋、后汉、后周。他们在北方，相继统治五十三年。在南方割据的还有吴、吴越、前蜀、楚、闽、南汉、荆南、后蜀、南唐、北汉十国，他们则延续了近七十年。北方五国，年年混战，经济文化遭到破坏。南方十国，战争较少，特别是西蜀与南唐，地方富庶，商业发达，成为当时经济文化的两个重心。西蜀有了赵崇祚编辑的《花间集》。这是有史以来，出现的第一部词的总集。赵崇祚汇集的十八位词人中，除温庭筠、皇甫松外，几乎全为西蜀人或流寓西蜀者。其中的韦庄，是与温庭筠齐名而又承接并发展了温词的西蜀第一词人。

韦词与温词都属"花间"范围，都为伶工而制。只是两人词风迥异，手法不同。飞卿写词客观，专写女性；端己写词主观，投入自我；飞卿刻画，端己白描；一个隐情于境，一个一往情深；一个浓妆，一个淡抹；一主浑融，一主勾勒。从词的发展上看，温词摆脱了传统的诗，韦词完备了新兴的词。韦词比温词又前进了一步，对南唐词人影响较大。王国维曾用他们各自的名句，极为新巧地给予他们公允贴切的评论："'画屏金鹧鸪'，飞卿语也，其词品似之。'弦上黄莺语'，端己语也，其词品亦似之。"（《人间词话》）"画屏金鹧鸪"，当然很美，可惜这个鹧鸪，是个没有生命的死物。"弦上黄莺语"，黄莺虽有生命，不过只能悦耳而已。在创作方法上，韦庄受民间曲子词的感染，在描绘点染上用白描手法，真切语言，便于使人感发和歌唱。韦庄制词，爱用浑成语，一唱便使人懂，一听便令人醉。如"此度见花枝，白头誓不归"（《菩萨蛮》），"妾拟将身嫁与，一生休。纵被无情弃，不能羞"（《思帝乡》）。有了韦庄的词，新兴的词体注入生命力——抒情。况且加上一种抒情的手段、白描的手法、真切的语言，从此词体渐趋完备，由南唐词人，沿着温、韦开创的道路，继续发展前进。

南唐第一代国主李昪，继吴立国后，拥有江南富庶的二十八州，一面休养生息、医治战乱创伤；一面广致文学之士，形成繁荣的文化局面。朝中的韩熙载、冯延巳、徐铉等，"时时作为歌诗，出入风骚"。南唐词人，最重要的是二帝一相：李璟、李煜和冯延巳。三人中，冯延巳最长，流传下来的词也最多。他的《阳春集》虽然早已散佚，赖有宋人陈世修辑录下来，可靠的也有百首左右。说他的词为词的发展树立了一个新的里程碑，也不为过。首先。他第一个变伶工之词为士大夫之词（见王国维《人间词话》）。词脱离了"花间"，有了词人的个性。李璟为嗣子封为太子时，冯延巳是他的掌书记；他即位后，冯延巳是他的宰辅。冯延巳没有治国的才能，在朝廷党争中，又是众矢之的。但李璟以他为亲密的词友，始终对他宠信不衰，君臣之间，互捧对方佳制。李璟笑说："'吹皱一池春水'，干卿底事？"延巳谦对："未若陛下'小楼吹彻玉笙寒'也。"其次，他第一个扩大了韦庄的身世感慨，抹掉了温庭筠的涂饰装潢，让景物意境托寓自己深沉的心态。他的词中女性，就是词人本身的喻指，贵族气息十足，高雅而有较深思致。因此，王国维道："正中词品，若欲于其词句中求之，则'和泪试严妆'殆近之欤？"（《人间词话》）

她"试严妆"，是他对人生的严肃态度；她"和泪"，是他对衰亡国势的体认。他又是第一个深化了韦庄的真挚感情，像他的《鹊踏枝》："日日花前常病酒，不辞镜里朱颜瘦。……独立小桥风满袖，平林新月人归后。"以平常语写至哀深痛，带有极普遍的士大夫心态：缠绵、委婉、沉挚、决绝。所以说，"冯正中词，虽不失五代风格，而堂庑特大，开北宋一代风气，与中、后二主词，皆在《花间》范围之外"（王国维语），"今谓冯延巳词，晏同叔得其俊，欧阳永叔得其真"（刘熙载语）。由此可见南唐三家词在词史上的枢纽地位。

南唐三家中的李煜，不仅禀有天赋，又经历了亡国之痛，他直接受到冯延巳和他父亲的影响，成为我国词史上第一颗灿烂的巨星。

李煜的父亲李璟，无论身世、性格，还是词的创作，对李煜都有直接的影响。

李璟（916~961）本名景通，为南唐烈祖李昪的长子。他有四个弟弟：景迁、景遂、景达、景逷。李璟与其父迥然不同。李昪出身微末，英明威武，艰苦创业，终于代吴立国，拥有江南二十八州。干戈甫定，就发展农业生产，偃武修文，招徕文人贤士。李璟则生性懦弱，素昧威武。他多才艺，好读书，所用大臣如冯延巳、韩熙载、徐铉等，只会耽于诗酒，溺于党争。这里还需要提及的，就是他根本不想履行做皇帝的职责。他知道自己虽为长子，却不被父亲所钟爱。景迁是吴王女婿，又有朝中权臣宋齐丘拥护，显然胜过自己，因此，就在他被父亲册立为太子时，固辞不受。又见另一个兄弟景达像父亲。李昪对他有偏爱，就在嗣位前后，执意要把皇位让给景达。当了皇帝之后，他还宣称要兄弟继位，封景遂为太弟，终于导致他的长子与叔父的尖锐矛盾。表面上他为人温厚谦让，实际上是没有国家与功业意识，眼光只注视家人父子关系。最后于家酿成长子毒杀叔父的惨剧，于国丧失了土地和王权，撼动了南唐的基业，导致了亡国。

李璟初即位时，不听父亲叫他睦邻休战、保守基业的遗训，偏要开拓疆土，乘邻国之危，打个胜仗。他居然把原有的二十八州拓展为三十五州，俨然江南大国。十年左右，因用人不明，举止无定，败于周师。此后，内部大臣宋齐丘和钟谟有了党争，家庭遭遇变故，太弟为长子弘冀毒杀，弘冀亦暴死。李璟见国势日衰，只好降周称臣，自去帝号，称南唐中主，尽割江北诸州，岁岁纳贡，在危苦中死去，只留下陈振孙《直斋书录解题》一书的《南唐二主词》（一卷）中的四首词。

南唐后主李煜生于昇元元年（937），卒于宋太宗太平兴国三年（978），字重光。初名从嘉。号钟隐、莲峰居士等，徐州（今属江苏）人。中主李璟第六子，上有五兄，下有五弟。他生于南唐盛世，一个江南大国的皇子，南唐属国的皇帝，沦为破国亡家的降臣。四十二年间，做了一个繁华凄凉的梦。帝王传记，本无可取；只是因为在文学上，他是词坛上举足轻重的、第一颗璀璨巨星，才有必要对他的身世、经历、性格和精神世界作一番陈述与剖析。

李煜生有奇表，风神洒落，天资聪颖，好读书。才具在诸兄弟之上。父亲李璟的文学艺术修养很深，宫中藏有可供研读观摩的典籍墨宝无数。李煜从小涵泳于艺术世界中，受着父亲和文臣对他的潜移默化，文章诗词，无不通晓；书法绘画，无所不能；加上识音律，精鉴赏，全面发展，完全是个上品的士大夫。他的性格也像父亲，懦弱仁厚。他的大哥弘冀对王位有野心，偏偏李璟把王位给了兄弟景遂，并封他为皇太弟。弘冀嫉恨李煜才华出众，李煜怕招祸，有意躲避政事，一味以读书自娱。后来弘冀竟毒杀王位继承人皇太弟景遂，自己不久亦暴卒。这一宫廷变故使李煜深受刺激和震动。从此他更认为政治是丑恶可怕的，更加把自己关闭在艺术之宫中了。他的几个哥哥相继亡故，他顺理成章地做了国主。他对几个弟弟非常友善。从益做宣州牧，他设宴令诸弟作诗送别。从善朝宋被扣留不归。他上表宋太祖请求放回。

太祖不许，他只得罢去宴会，写《却登高文》以见意。文辞酸楚，虽不能打动宋太祖，但足见其诚挚的友于之情。

李煜十八岁时，娶周宗的女儿娥皇为妻。他认为这是自己平生第一得意事。娥皇不仅貌美，而且通书史，知音律，擅长歌舞。李煜实心实意地爱着她，他作的词真实地描绘着他和妻子美满温馨的爱情生活。不像那些荒淫的贵族、皇帝，以女性为玩物。结婚十年后，娥皇紧跟着他们的第一个爱子死去。历史上记载：李煜"哀苦骨立，杖而后起"，并亲撰诔辞，自称"鳏夫"。当然他也有与娥皇之妹偷情之事。娥皇死后，李煜守礼三年，才纳小姨为后。史称大、小周后。但李煜对小周后的爱宠，始终没能超过大周后。

李煜二十五岁，嗣位于金陵。他那时已是强邻宋国的属臣。他明知父亲已丧失江山大半，遗下的江南烂摊子也将不保；但他全然不思振作，只会做梦，幻想自己靠俯首帖耳、殷勤事宋、厚纳金帛，凭靠自己才学过人，便可苟安免祸。他见国事日蹙，也知道快快愁思，但他善于逃避现实，往往以声色自娱，乐以忘忧。李煜与大周后在豪华的宫中享尽人间富贵。宫室的奢侈，衣妆的考究，可称空前绝后，李煜一门心思都用在个人的物质享受上，全然不顾国库的空竭，人民的涂炭，这是不可饶恕的罪过。据史料所载：单是宫中御用的香料，就有专门司职的主香宫女；有用丁香、檀香、麝香等以梨汁蒸干而成的精制的香料；有把子莲、三云凤、小三神、万字金等非金即玉的焚香之器。宫室中的装修，有红罗幕壁，以白金钉、玳瑁押之，又以绿钿隔眼，再种梅花于外。后妃的装束，尤其斗奇竞艳。周后创高髻，妃嫔有衣水染碧纱的，有镂金于额的，有束足如三寸金莲的，不一而足。李煜除吟咏宴游之外，又信佛教，无非为了摆脱自己的内疚，忘记现实的严酷，追求精神的安慰，以悲天悯人的样子欺骗自己、欺骗人民而已。

李煜在位十五年，无论宋太祖怎样侮辱他，如改变朝服，降封子弟，他都强忍下去；就是不敢入朝面宋。因为他怕当俘虏，怕死。他献金帛，宋太祖要的是他的土地。宋开宝七年（974年），太祖遣曹彬攻打南唐。曹彬就要造桥渡江了，朝中议事时，大臣还告诉他没听过长江可以造桥的事。他也说："吾亦以为儿戏耳。"曹军过江围城，举国惶恐，他才想起抵抗，召朱令赟带十五万兵与宋军交锋。朱令赟战死，他才不再在宫中推敲诗句或在净室听经了。他本拟焚烧宫室书籍，最后自焚，但又没有自杀的勇气。975年冬，后主蒙羞投降，带着百余家口，随军北上。回望金陵，吟诗道："江南江北旧家乡，三十年来梦一场。……兄弟四人三百口，不堪闲坐细商量。"太祖恼他曾作抵抗，封他违命侯。次年，太宗即位，才撤去他的耻辱封号，改为陇西郡公。他逐渐明白俘虏生活的难堪。例如太宗当面试他的诗才，然后对众人评道："好一个翰林学士。"又如对他说："这里的书都是你的，你可以读书嘛！"他只有顿首谢恩。他虽有官衔，有封号，但想请求一个旧臣当文书，都不被允许。只有一二老兵，负责供应。他日用短缺，清贫难忍，"日夕以泪洗面"，外面无人得知真相。最难堪的是小周后岁暮朝谒，常常被皇帝污辱，回来便对后主涕泣骂詈，他也只有忍气吞声。王铚《默记》中记载一段生动的描述：他的旧臣徐铉降宋，做了大官，受太宗命，叫他去见后主。徐铉令老兵通报，自立庭下。老兵往报后，很久才出来，摆了两把旧椅子。后主纱帽道服出来，自下庭阶，引手同上。宾主坐后，后主大哭，然后默默无言。忽然叹了一口气，说："当时悔杀了潘佑、李平。"就这一句话，还被徐铉实告太宗。太宗知道后主还有悔恨的念头，岂能轻易放过他！

李煜这时真正体验到失去自由、失去国家的滋味，领悟了一个弱者的悲哀。他感到自己四十年的岁月毫无价值，徒然浪费了生命；当然，这种觉悟是有局限的，他并没有认识到自己在人民面前的罪过。但是他得了一个结论，就是苟活不如速死。既不怕死，他不再那么胆小谨慎了。他写了《虞美人》词，感叹"故国不堪回首月明中"。在七夕生日，召来宫人吹弹演唱。除新词外，还有刚刚填好不久的《浪淘沙》："梦里不知身是客，一晌贪欢"；《望江南》："多少恨，昨夜梦魂中"等。声闻于外，大有"万古到头终一死，醉乡葬处有高原"（《岁暮题牖》）之概。太宗闻说，知道词意怨望；联想徐铉所报，遂起了杀心。乃赐牵机药毒死李煜。

牵机药之说，未见正史。太宗一向表现对俘虏宽大，对后主凡赐钱、看病、追封、撰碑，都做得很周到，也许不至于阴毒嫉刻如此。但是，往往一些真实的事恰恰不载于正史。太宗愈是对李煜表演他的优待与恩德，愈显得他欲盖弥彰的狠毒。徐铉曾经是后主最宠信的臣子，南唐亡国前，已多次被后主派到宋国。那时他已经表现出是个不折不扣的两面小人。他应当早看出后主决不能见容于宋，而从未提醒后主作抵抗的准备。宋主给他高官做，他进一步出卖旧主。他奉诏写李煜的墓志铭，与其说是对李煜表示哀悼，毋宁说是对世人表示宋主对李煜的猫哭耗子假慈悲。把毒死降臣的太宗说成"抚几兴悼，投瓜轸悲"，正是投宋主之好，遂宋主的心愿。因此，后主必死，而且死于牵机药。以血写成的词，构成悲惨的结局，应当是可信的。

现在流传于世的中主、后主词，早已不是原来面目。最后的南唐二主词集著录于南宋末陈振孙《直斋书录解题》。作者介绍说："《南唐二主词全集》一卷，中主李璟、后主李煜撰。卷首四阕：《应天长》、《望远行》各一，《浣溪沙》二，中主所作。……馀词皆重光作。"明清以来，辑录南唐二主词者甚多。各家增补，书坊争印，编次杂乱，真赝并存，词句残破，文字不一。中主词多至7首，后主词多至61首。明清版本，以清宣统沈宗畸"晨风阁丛书刻王国维校补"本较为完善可信。建国以来，唐圭璋《南唐二主词汇笺》本，詹安泰《李璟李煜词》编注本，则在王国维本的基础上又完善一步。本书以詹书为底本，参考唐书，删去并见于冯延巳、温庭筠以及欧阳修、苏东坡等伪作，得李璟词4首，李煜词36首，至少可称保留了中主、后主词作的真品及精华，充分体现了二主词的主要内容和艺术水准。

李煜的词，从内容看，可分前后两个时期，前期23首，属南唐亡国前的作品。后期13首，属亡国后的佳制。大致反映以下几个方面内容：

一、描写帝王家的生活画面

李煜的一首《浣溪沙》（"红日已高三丈透"），真实地反映了宫廷中通宵达旦歌舞狂欢的情景。另一首《玉楼春》（"晚妆初了明肌雪"）更透露了这位帝王的士大夫气质，词中描写了他是如何尽情享受这种豪华、艳情和闲适的生活的："重按霓裳歌遍彻。"而这之后还有闲情逸致："归时休放烛光红，待踏马蹄清夜月。"

二、刻画后妃们的神情心态

李煜帝王生活里当然不能没有艳情和女性。在他描写宫廷生活画面的同时，更有对后妃人物的精致描写。像《一斛珠》（"晚妆初过"），从头到尾刻画一个歌女的神态：她如何对着人笑；如何开口歌唱；如何以袖掩口，以杯进酒；如何向人撒娇："烂嚼红绒，笑向檀郎唾。"在李煜以前，从未见过这样的词。又一首《菩萨蛮》（"花明月暗笼轻雾"）描写同小周后的偷情和幽会。"刬袜步香阶，手提金缕鞋"，神态毕现。"奴为出来难，教郎恣意怜"，坦率深情。李煜往往对妇女流露充足的真情实意，不像一般帝王贵族那样视妇女为玩物。如两首《菩萨蛮》（"蓬莱院闭天台女"、"铜簧韵脆锵寒竹"），对待所欢，体贴尊重，感情相通。《喜迁莺》（"晓月堕"），等待与怀想所恋之人，它们可能是为大周后所作。还有《柳枝》（"风情渐老见春羞"）。描写对一个老宫人的怜惜，表现了李煜对妇女的笃诚之情。

三、抒发心灵上的重压和忧思

李煜身置饱经忧患的南唐末世，国事危殆，惶恐无计。身家难保，寝食不安。他的前期作品自然是愁苦之词多，欢愉之词少。有一组伤逝词，如《谢新恩》六首，虽有残缺，也可看出是怀念大周后的。如"秦楼不见吹箫女，空馀上苑风光"，"一声羌笛，惊起醉怡容"等。又如《阮郎归》（"东风吹水日衔山"），可能是怀念羁宋不归的兄弟的。李煜受冯延巳、李璟影响，习惯把满腔心事寄寓于传统的离愁题材，把万象愁情融化于具体景物。他最妙的一首词莫过于《清平乐》（"别来春半"），"砌下落梅如雪乱，拂了一身还满"，"离恨恰如春草，更行更远还生"，其意境的深美可说超过了"风乍起，吹皱一池春水"（冯延巳）和"细雨梦回鸡塞远，小楼吹彻玉笙寒"（李璟）了。李煜更有一类词，把隐藏很深的痛苦，不自禁地倾泻出来。如一首《捣练子令》："深院静，小庭空，断续寒砧断续风。无奈夜长人不寐，数声和月到帘栊。"直抒胸臆。原来这位诗酒风流的皇帝是那样的孤寂。还有《虞美人》（"风回小院庭芜绿"），"烛明香暗画楼深，满鬓清霜残雪思难任"，精神重压使一个三十多岁的国主是如此苍老啊！

四、表白对人间世的短暂逃避与假想解脱

李煜并非昏聩冥顽，而是十足的弱者，又是一位诗人。他在国危之际，不思振奋，只诵佛不绝。他给自己起"钟隐"、"莲峰居士"外号，幻想归隐山林。他有两首题画词，流露出这个可怜人的憧憬。两首《渔父》词，表现他对渔父的"一壶酒，一竿身"快活生活的艳美和"万顷波中得自由"的逍遥心态的憧憬。他经常靠醉梦忘却沉哀，试图找到支撑自己的力量，什么"魂迷春梦中"，"纱窗醉梦中"，"笙歌醉梦间"，然而他又何尝于此真正得到过安慰！

五、囚徒生活、精神崩溃的血泪倾诉

李煜入宋以来，变成俘虏，从最高的地位跌至最下的层次，在天堂地狱、苦乐悬殊的对比中，他调动自己敏锐的观察、丰富的感情、深厚的艺术造诣，全部倾泻于几首小词中。在这几首血泪倾诉的词里，他的思想感情起了变化。他否定过去的梦中生活："往事已成空，还如一梦中！"（《子夜歌》）"梦里不知身是客，一晌贪欢"（《浪淘沙》）。他辞别过去的繁华歌舞，"挥泪对宫娥"（《破阵子》），投进浩渺无边的愁恨深渊："多少恨"，"多少泪"（《望江南》），"自是人生长恨水长东"（《相见欢》），"问君能有几多愁，恰似一江春水向东流"（《虞美人》）。对曾经眷恋的人生欢愉感到厌烦："春花秋月何时了"（《虞美人》）；对人生追求全部放弃："流水落花春去也"（《浪淘沙》）。历大悲哀，作决绝语。突破词的哀愁风格，喊出自身的血泪衷曲。由于李煜在词中体现了人们共同的思想感情，所以才具备千古不绝的艺术魅力，引起不少后人的共鸣和感发。但若说他的词有什么爱国思想或人民性，那是一点也挨不上的。

评述李煜词的艺术特征和艺术价值，还须从李璟词说起。虽然李璟只留下四首可靠的词，但仍能充分表明它们距《花间集》有新的跳跃、质的变化；他对后主李煜词有明显的直接的影响。首先，李璟词的语言一扫浮艳，自然清雅，彻底摆脱《花间》的雕琢藻绘。其次，李璟忍辱含垢，忧悔一生，把他的积郁沉悲凝成闺情词的词心。"惆怅落花风不定"（《应天长》），"风里落花谁是主"（《浣溪沙》），正是李璟身世和处境的映照。宋王安石认为李璟《浣溪沙》名句"细雨梦回鸡塞远，小楼吹彻玉笙寒"可以和李煜的名句"问君能有几多愁，恰似一江春水向东流"相提并论，就是由于他看到了这一点。他们父子身处恶劣环境，具有不幸经历，加上本人的诗人气质、艺术造诣，"眼界始大，感慨遂深"，才能变伶工之词为士大夫之词。词的作用扩大了，并且由于二主的词境界艺术高妙，千载而下，仍能使读者于心醉之余，受到启发，引起共鸣。

李璟的词毕竟不多，且看李煜是怎样臻于上乘的吧！

李煜的词，首先好在真情流露、纯任性灵上。他以小词抒情，不夸张，不掩饰，把自己的真实感受，直言坦率地表达出来。读了他的词，一个李煜活现在你面前。这样的诗歌，就会令人感动。李煜亡国之前，历历悲欢；亡国以后，字字血泪。而亡国后的词，就流传下来，许为文学之上乘。王国维在《人间词话》中说："尼采谓：'一切文学，余爱以血书者。'后主之词，真所谓以血书者也。"只有这样以"真"为骨，以"情"为心的词，才能上攀风骚，下凌今古，被人奉为诗词的上乘，后人仰望而不能学及的。李后主一百多年后出了个李清照，五百年后出了个纳兰容若，独他们也是这样作词，也有类似的情调。其次，他运用一片天籁、纯尚自然的语言。所谓唐诗人李白说的："清水出芙蓉，天然去雕饰。"也就是周济所云："乱头粗服，不掩国色。"像人人争诵的"问君能有几多愁，恰似一江春水向东流"，"林花谢了春红，太匆匆，无奈朝来寒雨晚来风"，"小楼昨夜又东风，故国不堪回首月明中"等，难道不同时使人惊叹祖国语言是何等的美妙吗！但是千万不要把李煜词的自然语言和旁人诗词中的凝练工夫对立起来，误以为李煜词的语言是俗浅的，易学的。李煜词的文学语言，具有个别概括全体的特性，形象鲜活的特性，洗练贴切，轻快灵巧，为宋以下词人树立一个"当行本色"的样板。

再次，是李煜把前人作诗的一切艺术手段，运用自如。他最擅长的是白描手段。他用白描形容场面、人物、景象、心态，无不入妙。他词中的男女形象、春秋景物、悲欢场面、婉直心态的描写，一概注以真切的情感。白描的词笔，高过韦庄、冯延巳和李璟。李煜词真情可鉴、沉哀入骨，这是任何人比不上的。

最后，李煜词的风格不同《花间》与民间，也不为一种风格所限。大致说，前期词清便婉转，酷似李璟；后期词雄奇幽怨，开拓北宋词坛。沈去矜说："余尝谓李后主拙于治国，在词中犹不失为南面王。"（《填词杂说》）王鹏运说："盖间气所钟，以谓词中之帝，当之无愧色矣。"（《半塘老人遗稿》）现在我们也称他为"词帝"，恐怕也是可以的吧。

杨敏如

2002 年 8 月

李璟词

应天长①

一钩初月临妆镜②，蝉鬓凤钗慵不整③。重帘静，层楼迥④，惆怅落花风不定⑤。　　柳堤芳草径，梦断辘轳金井⑥。昨夜更阑酒醒⑦，春愁过却病⑧。

【注释】

①据陈振孙《直斋书录解题》二十一《南唐二主词》："卷首四阕《应天长》、《望远行》各一。《浣溪沙》二，为中主所作。后主尝书之。墨迹在盱江（江西汝水）晁景迂（公溯）家，题云：先皇御制歌辞。"今各辑录词集，或谓《应天长》是后主、冯延巳、欧阳修所作，均不可靠。

②一钩初月：一般指晓天残月，亦可谓黄昏初上之月。"钩"，另本作"弯"。"初"，另本作"新"。妆镜：另本作"鸾镜"。

③蝉鬓：古代女子的一种发式，两鬓薄如蝉翼。晋崔豹《古今注·杂注》：魏文帝宫人莫琼树善制"蝉鬓"，缥缈如蝉翼，梁朝梁元帝《登颜园故阁》诗："妆成理蝉鬓，笑罢敛蛾眉。"凤钗：妇女簪发的首饰。钗头作凤形。慵不整：无心梳整。慵，懒。

④迥（jiǒng）：远貌。疑是同音字"扃"之误。扃，闭也。

⑤惆怅：因失意或失望而感伤。

⑥辘轳（lùlu）：井上汲水的工具。金井：井的美称。有金碧雕饰的井栏。南朝梁费昶《行路难》："惟闻哑哑城上乌，玉栏金井牵辘轳。"牛峤《菩萨蛮》："帘外辘轳声，敛眉含笑惊。"

⑦更阑：更深夜阑。更，夜间计时的单位，一夜分为五更，每更约两小时。阑，将尽。

⑧过却：另本作"胜却"，意同。"过却"是俗语。"却"，语助词，用于动词之后，无义。

【讲解】

这首词虽然沿用五代"花间"的闺情题材,却显得儒雅真切,大于闺情。仿佛不见什么伤春念远的女子,却似是词人李璟的形象再现。

黄昏临镜。古代女子一天两次梳妆。这是依女则的要求应做的功课。她应该认真对待,方见得她严肃积极地对待人生。但在此刻,一钩冰冷无光的初月衬托着她那无心梳洗的黯淡心情。词人以临妆的具体情节和不圆的月、未整的发、无用的钗等形象描绘人物的情态和心境。这样的起句可称简练而不俗。下面再引出更深层的描写,也就是全词的中心:"重帘静,层楼迥,惆怅落花风不定。"参差的词句、和谐的韵律,组成一个深美的意境。两个三字句对得工致:"重帘静",无人来去;"层楼迥",身无自由。未必是实写帘楼,多半出自人的真切感受。两句道尽女子幽闭孤独的环境。"惆怅落花风不定"是景语也是情语。情随景生,情景交融。飘落零乱的春花,被时紧时歇的狂风搓揉着,扫落着。女子纷扰无依的心境与幽闭孤独的环境尖锐地对立着,该是怎样地发付?李璟写出如此深哀和矛盾是因为他不懂称霸立国做皇帝,只会出入风骚做诗人。他不是如温庭筠为侍筵的歌伎做艳词;也不是如韦端己在歌席间起乡思。他以闺情抒己之情,借名花美女写己之怨。在丧权、失地、惶恐、危苦的环境中,他多么像风里的落花、春去的春恨。自他以后,李煜继承他的传统、跨过"词为艳科"的樊篱,为宋词奠下基石。从此摆脱了"画屏金鹧鸪"(温庭筠句)、"弦上黄莺语"(韦庄句)的束缚,创造深美的意境,点燃抒情的生命力。宋代词人,受了他们李氏父子影响,结合新时代精神,才能写出"昨夜西风凋碧树,独上高楼、望尽天涯路"(晏殊《蝶恋花》);"明月楼高休独倚,酒入愁肠,化作相思泪"(范仲淹《苏幕遮》)那样忧国忧民的"闺情"词来。

词的上、下阕意脉不断。但过片以下,用逆写法。上阕黄昏,下阕昨夜。昨夜的事,层层翻转逆写,第一层是昨夜的梦:"柳堤芳草径。"一个和谐团圆的梦境。写景即是写人。上阕风里的花是现实;下阕柳堤芳草是梦境。第二层是今晨的梦醒:"梦断辘轳金井。"和上阕起句正好衔接起来。第三层逆写:"昨夜更阑酒醒。"加上一个情节:原来睡觉之前饮了酒,酒未能消愁。"春愁过却病",再补上一个情况,女子在恹恹生病。"春愁"二字,乃点睛之语,也是结束之语,词人最后叹道:这种春愁,比病伤人,比病难解哪!开头的起句和下阕的逆写,一前一后,捧起词的中心。流便宛转,凄婉之至。如此的意脉、结构，又是词体在抒情以外，另一个重要特点。

宋张先有名篇《天仙子》，显然来自李璟这首词。张词结末三句是："重重帘幕密遮灯，风不定，人初静，明日落红应满径。"但与李词相比，却有高下之别。张先的"明日落红应满径"是心中臆想，表示自己的惜春伤春心情；而这里的李璟是以词境写自己的形象，把落花的命运和自己的命运融合为一，凄绝而有韵致。

【辑评】

一、明沈际飞：流便（《南唐二主词汇笺》，正中书局出版）。

二、清陈廷焯《云韶集》卷一："风不定"三字中有多少愁怨，不禁触目伤心也。结笔凄婉，元人小曲有此凄凉，无此温婉，古人所以为高。

三、俞陛云《唐五代两宋词选释》：词写春夜之愁怀。"初月"、"蝉鬓"二句先言黄昏人倦。"重帘"三句更言楼静听风。下阕闻柳堤汲井，晓梦惊回，皆昨夜之情事。至结句乃点明更阑酒醒，愁病交加。通首由黄昏至晓起回忆，次第写来，柔情宛转，与周清真之《蝶恋花》词由破晓而睡起、而送别，亦次第写来，同一格局。其结句点睛处，周词云："露寒人远鸡相应"，从行者着想；此言春愁兼病；从居者着想，词句异而言情写怨同也。（上海古籍出版社出版）

四、管效先《南唐二主全集》：《应天长》词又见冯延巳《阳春集》、欧阳修《六一词》。四印斋刻本《阳春集》中《应天长》云（词略）。此词果为冯作，后主断不至取之，而题为先皇御制。意者延巳尝手录此词，他日论集延巳词者，遂误以为其所自作耳。毛晋刻本《六一词》收此阕，"新"作"初"。毛氏跋云："《庐陵集》旧刻三卷，今删为一卷。凡他稿误入，一一削去，误入他稿，一一注明。"则此词当是毛氏漏未削去，非欧阳作也。

望远行^①

玉砌花光锦绣明^②。朱扉镇日长扃^③。夜寒不去梦难成。炉香烟冷自亭亭④。　　辽阳月⑤，秣陵砧⑥，不传消息但传情。黄金台下忽然惊⑦，征人归日二毛生。⑧

【注释】

①《望远行》，原为汉唐古调。汉横吹曲有《望行人》。唐王建、张籍均有《望行人辞》。孟郊有《望远曲》。《望远行》曲子词见于《教坊记》和《敦煌曲子词》。稍后前蜀李珣有《望远行》二首。它们均为双调。格式7、6、7、7　3、3、6、7、7，共五十三字，而本篇王国维校本则于上阕第二句六字展为七字；过片两个三字句，合为一个五字句。今遵前人格调，并取其他版本订正。惟在下阕二短句后之七字句（原六字句）作了保留。全词五十四字。

②玉砌：以玉石砌成的台阶。台阶美称锦绣，喻花的光彩像锦绣一般明艳。宋司马光《看花四绝句》："谁道群花如锦绣，人将锦绣学群花。"另本"锦绣"作"照眼"，未取。

③朱扉：红漆门。朱：红色。扉：门扇。镇日：终日，常时，整天。扃（jiōng）：关闭。王国维校本"朱扉长日镇长扃"，变六字句为七字句，亦通。"长"两用，一作形容词，一作副词。今依他本作"朱扉镇日长扃"。

④亭亭：此处形容炉里香烟袅袅上升的样子。

⑤辽阳月：辽阳，属辽宁省，指征人戍地。

⑥秣陵砧：秣陵，今南京市，代指思妇处所。砧：捣衣石。闻砧、对月，两地同怀，诗词中常见。张若虚《春江花月夜》："玉户帘中卷不去，捣衣砧上拂还来。"李白《子夜吴歌》："长安一片月，万户捣衣声。"前人《赠崔侍郎》："谁怜明月夜，肠断听秋砧。"

⑦黄金台：燕昭王于易水东南筑黄金台，招贤纳士。此处指征人离家，求用于世。志在功名，辅佐贤君。李贺《雁门太守行》："报君黄金台上意，提携玉龙为君死。""黄金台"一本作"黄金窗"，非是。

⑧征人：远戍之人。唐李益《夜上受降城闻笛》："不知何处吹芦管，一夜征人尽望乡。"二毛：毛发斑白，黑白二毛相间。《左传·僖公二十二年》："君子不重伤，不禽二毛。"

【讲解】

这是一首古曲，词牌名称与词的内容相应。思妇凭楼，征人念远，原是千秋同慨的悲剧题材。从《诗经·东山》开始，到江淹《别赋》，历代诗文，莫不取借此题，抒情寄意。题材虽一，却各自反映不同的时代面貌和生活气息。李璟此篇，于词中可称堂庑特大，感慨良深。全词用"真"韵，更透出古朴沉哀之音。

"玉砌花光锦绣明，朱扉镇日长扃。"一句写景物一句写情事，合起来表现出思妇的形象。妙在两句乃是一个尖锐的对照。思妇美艳如花，然而幽居独处。"玉砌"、"朱扉"，是石阶和门扇的美称，用来指示思妇的高贵品格，倒不一定是她的贵族身份，净白的阶石，铺满明艳的春花，表示思妇的韶华青春。然而大红门紧锁着，整日锁、常时锁，花光与人面，不能相互辉映。那虚度年华、辜负春时的思妇，正在幽闭之中，度着不为人怜、不为人晓的长年累月。接下来仍用真实情感与具体形象勾勒出一幅"长夜不眠图"。"夜寒不去梦难成，炉香烟袅自亭亭。"思妇挨到深夜，忆也无从忆，盼也无由盼，心底一片寒凉，连一刻的梦中陶醉，也无法享有。伴随她的只有绣屏间的炉香一炷。思妇看着炉上袅袅上升的烟，它若有若无，若断若续，那一点坚挺，提起她下沉的心。那一点光亮，便是她未死的生命的一份慰藉。炉香一炷不是还在燃烧么？不是还有活力么？思妇得到的这一点启示，不是比王昌龄《闺怨》中的"忽见陌头杨柳色，悔教夫婿觅封侯"来得更加蕴藉、细密么？

过片续写不眠之夜，更深层地刻画思妇。"辽阳月，秣陵砧"，古人写征人思妇，两地同怀，往往借重于"月"和"砧"两件物事。李白说得好："长安一片月，万户捣衣声。"这里强调一个"辽阳"，一个"秣陵"，可见征夫在辽阳远戍不至，思妇在秣陵水边捣衣，两句荡漾着古意，传达着老百姓对统治者征战不休的控诉。小词的意境扩大了，征夫与思妇的形象有了普遍的意义。一句"不传消息但传情"，确实自然高妙，这七个字动不得，即使词牌上要求六个字，也断不可改动。正如李清照的《武陵春》，有"载不动许多愁"一句，李之仪《卜算子》："定不负相思意"一句，它们是加衬字的散曲的先声。对这些自然天成的好句，切不可拘泥于规矩的。

结句词意陡转，情绪大跌。"黄金台下忽然惊，征夫归日二毛生。"这是思妇最深一层的心态了：思妇不怀疑征夫会建立功勋。他一定会是黄金台上的人物。她也不怀疑会一旦抛弃旧情，乃至"香车系在谁家树"（欧阳修《蝶恋花》），但是一个念头，猛然使她受到强烈的震动，功成名就，难道可以填补相思的代价？难道可以抵挡"发生二毛"冰冷的自然规律？对痴情儿女来说，这是最大的打击。等待、企盼乃至团圆比之春情已老，春容已变又有什么偿还可言？李璟献出这一首古题今唱，简练而充实，自然复含蓄，超出题材、超出意境。

【辑评】

一、明卓人月《古今词统》卷七：髀里肉，鬓边毛，千秋同慨。

二、俞陛云《唐五代两宋词选释》：上阕写所处一面之情景。惟寒梦难成，醒眼无聊，但见炉烟之亭亭自袅，善写孤寂之境。其下辽阳、秣陵，始两面兼写。"传情"二字，见闻砧对月，两地同怀。结句言忽见北客南来，雪窖远归，鬓丝都白，则行役之劳，与怀思之久，从可知矣。

浣溪沙①

手卷真珠上玉钩②。依前春恨锁重楼③。风里落花谁是主，思悠悠④。　　青鸟不传云外信⑤。丁香空结雨中愁⑥。回首绿波三峡暮⑦，接天流。

【注释】

①《浣溪沙》，唐教坊曲，为每句七字《浣溪沙》之别体。"沙"字应是"纱"误，但已沿用至今，不必深究。其结句加三字句，申足上句之意。较七字结句，别有韵味。此调有数名，一名《山花子》（《词谱》），一名《添字浣溪沙》（《梅苑》），一名《摊破浣溪沙》（《乐府雅词》），结句破七字为十字，故曰"摊破"。一名《南唐浣溪沙》，因中主"细雨""小楼"二句脍炙人口得名。据马令《南唐书》：金陵名妓王感化，善讴歌，声音悠扬，清振林木。李璟嗣位，宴乐不辍。尝醉命感化

奏水调词，感化惟歌"南朝天子爱风流"一句。如此者数四。李璟感悟，罢饮止歌，感化由此得宠。中主尝手制《浣溪沙》二阕，手书赐感化。后主即位，感化上中主词札，后主感动，赏赐感化甚优，此首即其一。

②真珠：即珍珠。这里指珠帘。省略"帘"字。李白《捣衣篇》："真珠帘箔掩兰堂。"范仲淹《御街行》："真珠帘卷玉楼空。"另本作"珠帘"，《苕溪渔隐丛话》前集引《漫叟诗话》曰："李璟有曲，'手卷真珠上玉钩'或改为'珠帘'……非所谓遇知音。"

③依前：依然，依旧。锁：这里形容春恨笼罩。

④悠悠：形容忧思不尽。

⑤青鸟：信使的代称。《山海经·大荒西经》载："西有王母之山……有三青鸟。赤首黑目。"郭璞注："皆西王母所使也。"《汉武故事》载：西王母出访汉武帝，命青鸟先期飞降承华殿，以通报信息。

⑥丁香结：指丁香之含蕾不吐。丁香，常绿乔木，夏季开花，子黑色，可作香料用。古诗词常以"丁香结"象征愁思郁结。李商隐《代赠》："芭蕉不展丁香结，同向春风各自愁。"

⑦三峡：长江上游有著名的三峡：瞿塘峡、巫峡、西陵峡。宋玉《高唐赋》所写楚王遇神女故事，即以此处为背景。另本作"三楚"指南楚、东楚、西楚，泛指江南或湖北、湖南一带。黄滔《秋色赋》："空三楚之暮天，楼中历历。满六朝之故地，草际悠悠。"

【讲解】

读后主李煜词，如饮甘露；却往往忽略了中主李璟的珠玉在前。读李璟《浣溪沙》之"菡萏"、"西风"；"细雨"、"小楼"，又往往会忽略了这里的"手卷真珠上玉钩""回首绿波三峡暮"，它照样值得认真鉴赏研读。

起句"手卷真珠上玉钩"，有温飞卿之绮丽。重楼中的女主人公，手卷珠帘，观望外景。仅七个字，倒被三件物事"手"、"珠帘"、"玉钩"占去五字。余下二字指示动作。三件物事：贵重、净丽。以"真珠"代珠帘，形象更美。帘也罢，钩也罢，都为衬托女子如玉如珠的贵重身份和纯净性灵。她不甘心在幽闭、孤独中窒息，郁闷地死去，亲手把帘卷起，搭在窗钩上。这一勇敢的动作，体现了她美丽的性格。下句"依前春恨锁重楼"，率直如韦端己。"春恨"是全词的中心意思。"春恨"而不是"春愁",下笔好狠。"重楼"是女子的现实环境。重楼之内,闭而再闭。加上动词"锁"字,又是重笔,独处的人,即令手卷珍珠,也照样为春恨所笼罩。两句简约、委婉而有力度。写出女子的春恨深深。春恨氤氲、转甚、不解。第二句踢翻第一句。女子终归逃不脱悲惨的命运,打不开感情的枷锁。两句一开一合,跌宕有致。宋人制词,专学此种。如李清照的《武陵春》词,在花尽人亡的沉哀中,强忍着泪,听说"春尚好",仍想"泛轻舟"、然后转想舟轻愁重,"载不动许多愁",还是作罢的是。后句踢翻前句,宛转情深如此。

　　春恨无涯而抽象,词人为把"春恨"描摹得真切而形象,点染出一个凄艳的画面:"风里落花""谁是主"?愤慨的一问。这分明是词人的自我倾诉。"思悠悠",他陷入无尽无休的愁思中。娇柔的花朵在狂风中颤抖,憔悴,撕成片片,堕入泥中和水面,直到在人间消失。怎不令人悲愤?难道没有人知道并怀念它曾经盛开过、芬芳过。难道没有人怜惜、保护、为她做主么?"思悠悠"短句,留下词人从愤慨到无奈的无尽深思的心路历程,荡漾回环,遗恨千古。

　　下阕意脉不断。为了续写"春恨",词人献出一副清雅宛转、天成可诵的联对。上联"青鸟不传云外信"具体补写"思悠悠"的内容。青鸟是神话传说中西王母的信使。它并不为人间痴情男女传递音信,所以李商隐《汉宫词》说:"青雀西飞竟未回。"吟叹着断无消息。这便是"落花无主"的内涵,"思悠悠"的核心。下联"丁香空结雨中愁"与"风里落花"相映衬。丁香枝条柔弱,苞蕾纠结。诗词中多以"丁香结"像喻愁人内心郁结不舒,如李商隐《代赠》诗:"芭蕉不展丁香结,同向春风各自愁。"词的这一句"空"字下得深沉。如果说上阕"谁是主"一问,令人惊心;则下阕本句,"空"字引人泪下。迟暮之感,难解之愁,一切成空,白白地催促着春天与生命的消逝。

　　落花经风,丁香着雨,全非眼中实景,都是词人试图通过景象境界,服从自己真实的感发与想象写出来的。结束的景象与境界,自然同样是想象的景物,虚写的形象:"回首绿波三峡暮,接天流。"结笔把全词引向高潮。"回首"二字,和前面"手卷"呼应,不过"手卷"是真实的动作;"回首"在"思悠悠"之后,是虚幻之笔。这里取"三峡",不用他本"三楚",因为既然前面"青鸟"用了神话故事,此处用巫山云雨传说相映照,不是更增添同样的神秘情味吗?在楼中,女子蕴结于心的春恨,转成愁思,化作空花。在薄暮，女子把无从发付的一切愁恨，倾入滔滔不尽、滚滚不休的接天江流。境界扩大了，景象峥嵘了，对读者心灵上的触动竟然超出词人所写的景物情事之外。

　　显然李璟在制作这首小词时，不觉流露出他个人的境遇和怀抱。他是个懦弱透顶的国君。虽然偶傥风流，才华横溢，却国不可治，时不可为。在周围环境的威迫下，彷徨忍让，逐渐陷入不能自拔的绝境中。他居然在词中写出"风里落花谁是主"的话，足见他的自恨自怜，哪里还有一点像是国君。但就是这样的人借这样的词体描摹个人的愁恨和悲哀，才创造出《花间》所不曾有过的词境。专从艺术角度出发，从词的发展来看，李璟这首词含蕴之厚，风发之远，堂庑之阔，大有屏除《花间》，开启宋词之功。结末一境，"回首绿波三峡暮，接天流"，难道不曾对后主李煜及其《虞美人》："问君能有几多愁，恰似一江春水向东流"，给过启示么？

【辑评】

　　一、宋刘斧《翰府名谈》（引见《诗话总龟》前集卷一二）：李煜（当作璟）作诗，大率都悲感愁戚，如"青鸟不传云外信"……，然思清句雅可爱。

　　二、宋胡仔《苕溪渔隐丛话》前集卷五九引《漫叟诗话》云：前人评杜诗云："红豆啄残鹦鹉粒，碧梧栖老凤凰枝。"若云"鹦鹉啄残红豆粒，凤凰栖老碧梧枝"，便不是好句。余谓词曲亦然。李璟有曲"手卷真珠上玉钩"，或改为'珠帘'。……非所谓遇知音者。

　　三、明李于麟：《南唐二主词汇笺》：上言落花无主之意，下言回首一方之思。

　　四、明沈际飞《草堂诗馀正集》卷一：落花一事而用意各别，亦妙。

　　五、明王世贞《艺苑卮言》："细雨梦回鸡塞远，小楼吹彻玉笙寒"，"青鸟不传云外信，丁香空结雨中愁"……非律诗俊语乎？然是天成一段词也，著诗不得。

　　六、清黄苏《蓼园词评》：李中宗："手卷真珠上玉钩"，按手卷珠帘，似可旷日舒怀矣。谁知依然恨锁重楼。所以恨者何也？见落花无主，不觉心共悠悠耳。且远信不来，幽愁空结。第见三峡波接天流，此恨何能自已乎。清和婉转，词旨秀颖。然以帝王为之，则非治世之音矣。

　　七、清陈廷焯《云韶集》卷二四：那不魂销，绮丽芊绵。置之元明

李煜词全集

以后，便成绝妙好词，缘彼时尚以古为贵故。

八、俞陛云《唐五代词选释》：此调为唐教坊曲，有数名。《词谱》名《山花子》，《梅苑》名《添字浣溪沙》，《乐府雅词》名《摊破浣溪沙》，《高丽乐史》名《感恩多》，因中主有此词，又名《南唐浣溪沙》。即每句七字《浣溪沙》之别体。其结句加"思悠悠"、"接天流"三字句，申足上句之意，以荡漾出之，较七字结句，别有神味。《翰苑名谈》云："清雅可诵"。《弇州山人词评》称"青鸟"二句为："非律诗俊语乎？然是天成一段词也，著诗不得。"

九、俞平伯《读词偶得》：此总写幽居之子。珠帘（真珠）手卷，郑重出之，庶睹夷旷，涤兹伊郁，然重楼深锁，春恨依前也。"锁"字半虚半实，锤炼精当，可以体玩。下文说到春风时作，飘转残红，"无主"二字，略略点出本意。结句三字，有愈想愈远，轻轻放下之妙。掩卷暝想，欲易此三字，其可得乎。下片较平实，遂少佳胜。"青鸟"出《山海经·海内北经》。西王母原系怪异，后故事转变，即为美人之代语，故笺注引汉武帝故事以实之。"丁香"用李义山诗"芭蕉不展丁香结，同向春风各自愁"。即上文"青鸟"亦疑用玉溪"青鸟西飞竟未回"也。"三楚"谓东、西、南楚也，《花庵》、《草堂》均作"三峡"。

十、唐圭璋《唐宋词简释》：此首直抒胸臆，清俊宛转。其中情景融成一片，已不能显分痕迹。首句"手卷真珠"平平叙起，但所以卷帘者，则图稍释愁恨也，故此句看似平淡，实已含无限幽怨。次句承上，凄苦尤甚，盖欲图消恨，而恨依然未销也，两句自为开合。下文更从"依前春恨"宕开，原恨所以依然未销者，则以帘外落花、风飘无主耳。花落无主，人去亦无主，故见落花，又不禁引起悠悠遐思矣。换头，承"思悠悠"来。一句远，一句近，两句亦自为开合。所思者何，云外之人也，云外之人既不至，云外之信亦不至，其哀伤为何如？"丁香"句，又添出雨中景色。花愈离披，春愈阑珊，愁愈深切矣。"回首"两句，别转江天茫茫之景作结，大笔振迅，气象雄伟，而悠悠此恨，更何能已。通首一气蝉联，刀挥不断。而清空舒卷。跌宕昭彰，洵可称词中神品。

十一、叶嘉莹《灵谿词说》："丁香细结引愁长，光景流连自可伤。纵使《花间》饶旖旎，也应风发属南唐。"

浣溪沙①

　　菡萏香销翠叶残②，西风愁起绿波间。还与韶光
共憔悴③，不堪看。　　　　细雨梦回鸡塞远④，小楼吹
彻玉笙寒⑤。多少泪珠无限恨，倚阑干⑥。

【注释】

①浣溪沙：又名《南唐浣溪沙》，以李璟"细雨"、"小楼"二句脍
炙人口得名也。

②菡萏（hàndàn）：荷花的别名。《尔雅·释草》："荷，芙蕖。……
其华菡萏。"皇甫松《采莲子》："菡萏香连十顷陂。"

③韶光：美好的时光。一作"容光"。

④梦回：梦醒。鸡塞：鸡鹿塞之简称。诗人往往用以泛指边塞。鸡
鹿塞：《汉书·匈奴传下》："汉遣长乐卫尉高昌侯董忠，车骑都尉韩昌
将骑万六千，又发边郡士马以千数，送单于出朔方鸡鹿塞。"颜师古注：
"在朔方窳（yǔ）浑县西北（今陕西横山县西）。"《后汉书·和帝纪》：
"窦宪出鸡鹿塞。"马祖常《次韵继学》诗："鸡塞西宁外，龙沙北极边。
亦作鸡禄山。"《花间》集卷八孙光宪《定西番》词："鸡禄山前游骑。"

⑤吹彻：吹完一套曲子。彻亦作名词用，指大曲中最后一遍。元稹
《连昌宫词》："逡巡大遍凉州彻。"李煜《玉楼春》："重按霓裳歌遍
彻。"玉笙：古乐器。共十三管，依次列置在一个圆匏里面。管底安放薄
簧片，吹之能够发声。陈子昂《别中岳真人序》："玉笙吹凤。"李商隐
《银河吹笙》："怅望银河吹玉笙。"

⑥倚阑干：另本作"寄阑干"。俞平伯《读词偶得》曾采用之。

【讲解】

　　中主李璟这里再次借思妇的悲秋怀人，抒发一己之清愁郁结。本篇联翩

好句，风致自然，千载而下，脍炙人口，堪称李璟四首之冠。

上阕写景物。《人间词话》云："词家多以景写情。"看他起二句如何写景："菡萏香销翠叶残，西风愁起绿波间"。字字沉响。词人避开"荷花"、"绿叶"等浅俗的字，采用"菡萏""翠叶"，是为了显示花品至贵，枝叶至珍。如此的好花好叶，一旦香尽枝零，岂不格外令人怜惜。荷花托身于水，偏偏秋风从水面吹起，撼动莲根，惊散莲魄，难道不令人伤悼？次句的"愁"字，首先是人对秋风的感受，再次是转移于物，是秋风的感受。秋风并非无情之物。它在奉行自然规律的命令，去戕害生命，谁能抗拒？但怎忍执行？思妇目睹这一凄惨动人的景象，联想到自己的美好年华，终将和曾经娇嫩的花、田田的叶一起共大自然的韶光从繁华到憔悴。怎能不发出慨叹："不堪看！""看"，读平声。"堪看"是双声又是叠韵。这三个字铿锵有力，为变徵之声。清陈廷焯读到这里，不禁叹道："沉之至，郁之至，凄然欲绝。"（《白雨斋词话》）王国维独许本词上阕，认为它有所寄托，"大有众芳芜秽、美人迟暮之感"。以前《离骚》有句曰："哀众芳之芜秽兮，恐美人之迟暮。"古今大诗人多怀有孤芳自赏、韶华不待的悲哀。陈子昂之"前不见古人，后不见来者"（《感怀》）；杜甫之"天寒翠袖薄，日暮倚修竹"（《佳人》）；李璟之从怜花到怜己，从花事到韶光，都寄托着千古难平的郁结和悲哀，已经大大超出思妇闺怨的范围了。不妨想到，李璟的不幸遭遇和哀痛心情岂止是美人迟暮之感，更甚的是他的身世之悲和哀世之恸啊！在头二句里，词人传授了一种基本的艺术手段，就是情随景生，情景交融。王国维论词讲境界，他说："昔人说诗词，有景语、情语之别。不知一切景语皆情语也。""菡萏"二句，就是一个情景交融的境界。它包括词人的博大深沉的悲哀，比之下阕的境界是毫无逊色的。

下阕写人事，比上阕写景物更深一层。"细雨梦回鸡塞远，小楼吹彻玉笙寒"，延续上阕，两句都是思妇的感受。夜来，在绵绵细雨中思妇做过一个好梦。她梦见征夫就在身边眼前。等到梦醒，窗外有雨，枕边有泪。梦中，仿佛和征夫在一起；梦后，格外觉得征夫在极远极远的边塞。至近、至远的主观感受，和自己一喜一悲的主观感情，描摹得多么真切。思妇再也不能安枕了，她悄悄起来，在小楼上吹着玉笙，任凭吹得再久，也难吹尽相思之情，也难吹散孤独和寂寞。笙吹久了，管口濡温的暖气渐渐凉了，她的心也彻底寒冷了。只好"多少泪珠无限恨，倚阑干"。究竟泪下多少，恨有多少，到此忽然噤住，只淡淡地补一句"倚阑干"。以至淡之语，承至浓之情，含蕴不尽。"倚阑干"三字还起了首尾相顾的作用。原来这又是逆写。"菡萏"二句，就是次日倚阑所见。"细雨"二句正是昨夜梦回所为。李璟的另一词《应天长》，也是逆写之笔。从"细雨"二句，词人又传授与后人另一个基本的艺术手段：就是以含蓄与形象写出，使意在言外，言有尽而意无穷。这两句连个"愁"字也没有写，只告诉你梦回时感到人隔更远；吹笙时感到心口寒冷。更多的意思和触发，你自己去会。

当年有这样的故事：元宗（李璟）尝戏延巳："'吹皱一池春水'，干卿底事？"延巳曰："未若陛下'小楼吹彻玉笙寒'。"元宗悦。（马令《南唐书》卷二一）李璟与冯延巳名是君臣，实为词友。冯的"风乍起，吹皱一池春水"，写得极有情致，但没有气派。李璟的"细雨"一联，深美闳约，是至情语。

【辑评】

一、宋杨绘《时贤本事曲子集》：南唐李国主尝责其臣曰"'吹皱一池春水'，干卿何事。"盖赵公撰《谒金门》辞有此一句，最警策。其臣即对曰："未如陛下'小楼吹彻玉笙寒'。"

二、宋马令《南唐书》卷二一《党与传·冯延巳传》：元宗乐府词云"小楼吹彻玉笙寒"，延巳有"风乍起，吹皱一池春水"之句，皆为警策。元宗尝戏延巳曰："'吹皱一池春水'，干卿何事？"延巳曰："未如陛下'小楼吹彻玉笙寒也'。"元宗悦。

三、宋陆游《南唐书》卷十一：延巳工诗，虽贵且老不废。……尤喜为乐府词。元宗尝因曲宴内殿，从容谓曰："吹皱一池春水，何干卿事？"延巳对曰："安得如陛下'小楼玉笙寒'之句！"时丧败不支，国几亡，稽首称臣于敌，奉其正朔以苟岁月，而君臣相语乃如此。

四、宋胡仔《苕溪渔隐丛话》前集卷五九引《雪浪斋日记》云：荆公问山谷云："作小词曾看李后主词否？"云："曾看。"荆公云："何处最好？"山谷以"一江春水向东流"为对。荆公云："未若'细雨梦回鸡塞远，小楼吹彻玉笙寒。'"

又：《苕溪渔隐丛话》后集卷三九，苕溪渔隐曰："《古今诗话》云：'江南成文幼为大理卿，词曲妙绝。尝作《谒金门》云："风乍起，吹皱一池春水。"'中主闻之，因案狱稽滞，召诘之。且谓曰：'卿职在典刑，一池春水，又何干于卿。'文幼顿首。又《本事曲》云：'南唐李国主尝责其臣曰："吹皱一池春水，干卿何事。"'盖赵公所撰《谒金门》辞，有此一句，最警策。其臣即对曰：'未如陛下"小楼吹彻玉笙寒"。'若《本事曲》所记，但云赵公，初无其名，所传必误。惟《南唐书》与《古今诗话》二说不同，未详孰是。"

五、明沈际飞《草堂诗馀正集》卷一："塞远"、"笙寒"二句，字字秋矣。又云：少游"指冷玉笙寒，吹彻小梅春透"，翻入春词，不相上下。

六、清徐钒《词苑丛谈》卷三：《南唐书》载元宗手写《摊破浣溪沙》二词赐乐部王感化（词略）。情致如许，当是叔宝后身。

七、清贺裳《皱水轩词筌》：南唐主语冯延巳曰"风乍起，吹皱一池春水，何与卿事。"冯曰"未若'细雨梦回鸡塞远，小楼吹彻玉笙寒'，不可使闻于邻国。"然细看词意，含蓄尚多。至少游"无端银烛殒秋风，灵犀得暗通。相看有似梦初回，只恐又抛人去，几时来"，则竟为蔓草之偕臧，顿丘之执别，一一自供矣。词虽小技，亦见世风之升降，沿流则易，溯洄实难，一入其中，势不自禁。即余生平，亦悔习此技。

八、清许昂霄《词综偶评》：《山花子》（唐中主）"细雨"二句合看，乃愈见其妙。

九、清黄苏《蓼园词评》：按"细雨"、"梦回"二句，意兴情幽，自系名句。结末"倚阑干"三字，亦有说不尽之意。

十、清陈廷焯《白雨斋词话》卷一：南唐中主《山花子》云"还与韶光共憔悴，不堪看。"沉之至，郁之至，凄然欲绝，后主虽善言情，卒不能出其右也。

又《云韶集》卷一：凄然欲绝，只在无可说处。

又《词则·大雅集》卷一：凄然欲绝，后主虽工于怨词，总逊此哀婉沉至。

十一、王闿运《湘绮楼词选》：选声配色，恰是词语。

十二、王国维《人间词话》卷上："菡萏香销翠叶残，西风愁起绿波间"大有众芳芜秽，美人迟暮之感，乃古今独赏其"细雨梦回鸡塞远，小楼吹彻玉笙寒"，故知解人正不易得。

十三、俞陛云《唐五代两宋词选释》：荆公尝问山谷曰：江南词何者最好？山谷以"一江春水向东流"为对。荆公曰："未若'细雨梦回鸡塞远，小楼吹彻玉笙寒'为妙。"冯延巳对中主语，极推重"小楼"七字，谓胜于己作。今就词境论，"小楼"句因绮思清愁；而冯之"风乍起，吹皱一池春水"托思空灵，胜于中主。冯语殆媚兹一人耶！

十四、吴梅《词学通论》：此词之佳，在于沉郁。夫"菡萏香销"、"西风愁起"与"韶光"无涉也，而在伤心人见之，则夏景繁盛亦易摧残，与春光同此憔悴耳。故一则曰："不堪看"，一则曰："何限恨"，其顿挫空灵处，全在情景融洽，不事雕琢，凄然欲绝。至"细雨"、"小楼"二语，为"西风愁起"之点染语，炼词虽工，非一篇之至胜处。而世人竞赏此二语，亦可谓不善读者矣。

十五、俞平伯《读词偶得》：《人间词话》说首两句"……大有众芳芜秽，美人迟暮之感，乃古今独赏其'细雨梦回……'故知解人正不易得。"王氏此言极有理解（虽其抑扬或有过当）。兹既征引，便不必词费。荷衣零落，秋水空明，静安先生独标境界之说，故深有所会也。"远"各本作"还"，"容"作"韶"。"远"之与"还"区分较小，"远"字较隽，"还"字较自然；"容"之与"韶"则意有别。韶光者景，人与之共憔悴，是由内而及外也。容光者人，与之共憔悴，是由外而及内也。取径各异，今以"容光"为正耳。"不堪看"妙用重笔。（《白雨斋词话》以为沉郁之至，即是此意。）与"思悠悠"有异曲同工之美。……"细雨"句极使我为了难，觉得这是不好改成白话的，与李易安的"帘卷西风"有点仿佛（可参看《杂拌二·诗的神秘》）。梦大概指的是午梦，然而已有增字解经之病。虽然谈词原不必同说经之拘泥。"细雨"与"梦回"只是偶尔凑泊，自成文理。细雨固不能惊梦，即使雨声搅梦也没有什么味道的，所以万不可串讲，"鸡塞"据胡适说，典出《汉书·匈奴传》，鸡鹿塞，地在外蒙古，但是否即用此典亦属难定，大约词人取其字面，于地理史乘无甚关系。"鸡塞远"与"梦回"似可串讲，而仍以不串为佳。……"寄阑干"，《花庵词选》作"倚"，疑亦后人改笔。"寄"字老成，"倚"字稚弱，"寄"字与上衔接，"倚"无根，固未可同日语也。……《浣溪沙》本难在结句，此体因多了三字之转折更不易填。中主两词，上片结句均极妙，下片结句虽视前者略逊，亦俱稳当。但如依俗本作"倚阑干"，此便成芜累矣，是以一字之微，足重全篇之价，使千古名作得全其美，旧刊斯可珍矣。

十六、唐圭璋《唐宋词简释》：此首秋思词。首两句，从景物凋残写起，中间已含有无穷悲秋之感。"还与"两句，触景伤情，拍合人物。"不堪看"三字，笔力千钧，沉郁之至。较之李易安"人比黄花瘦"句，诚觉有仙凡之别。换头，别开一境，似断实连，一句远，一句近，作法与前首同。梦回细雨，凝想人在塞外，怅惘已极，而独处小楼，惟有吹笙以寄恨，但风雨楼高，吹笙既久，致笙寒凝水，每不应律，两句对举，名隽高华，古今共传。陆龟蒙诗云"妾思正如簧，时时望君暖"，中主词意正用此；而少游"指冷玉笙寒"句，则又从中主翻出。或谓玉笙吹彻，小楼寒侵，则非是也，末两句承上，申述悲恨。"倚阑干"三字结束，含蓄不尽。

李煜词

浣溪沙①

　　红日已高三丈透，金炉次第添香兽②。红锦地衣随步皱③。　　佳人舞点金钗溜④。酒恶时拈花蕊嗅⑤。别殿遥闻箫鼓奏⑥。

【注释】

①一般《浣溪沙》押平声韵，此首押仄声韵，又是一体。

②次第：依次，前后，一一，纷纷。白居易《东坡种花》诗："百果参杂种，千枝次第开。"杜牧《过华清宫》诗："长安回望绣成堆，山顶千门次第开。"辛弃疾《鹧鸪天》词："只愁画角楼头起，急管哀弦次第催。"香兽：以炭末匀和香料，做成兽形。始用于晋羊琇。《晋书·羊琇传》："琇性奢侈，费用无复齐限，而屑炭和作兽形以温酒。洛下豪贵咸竞效之。"

③地衣：丝织地毯。唐宣州曾进贡丝织地毯，费资费工，供帝王享乐。白居易作《新乐府》，刺之："地不知寒人要暖，少夺人衣作地衣。"

④舞点：点，节拍。舞点，舞步的节拍。清蒲松龄《增补幸云曲第十六曲》："我打的不是板，你弹的也没有点。"溜：滑脱。

⑤酒恶：中（zhòng）酒。意谓喝酒至醉。"酒恶"是方言。赵德麟《侯鲭录》卷八："金陵人谓'中酒'曰酒恶"。则知李后主词云"酒恶时拈花蕊嗅"，用乡人语也。拈（niān）：以手指捏物。

⑥别殿：帝王居处。正殿以外有别殿。唐王勃《春思赋》："洛阳宫城纷合沓，离房别殿花周匝。"箫鼓：箫与鼓。泛指乐奏。江淹《别赋》："琴羽张兮箫鼓陈，燕赵歌兮伤美人。"

【讲解】

这首词是帝王家的宫廷生活实录。上阕极写宫中生活的侈靡无度，下阕极写君王宫妃的醉舞狂欢。

"红日已高三丈透"，点出时间。意想不到的是，词人以饱满风发的笔引出"金炉次第添香兽，红锦地衣随步皱"，一幅宫廷设置的豪华场面。白日正午，帝王家在干什么呢？不是早朝方罢，后主早已废了政事。而是昨夜已经玩了个通宵达旦。晏睡起来，兴致尤酣，接着再玩乐。帝旨一下，又是一天的纵欲声色、恣情歌舞。太监宫女都忙起来。有的络绎不绝地添着金炉的炭火。皇家的炉炭贵重无比。炉是金子制成的；炭先研成粉末，和以香料，再做成兽形，使君王闻着炭香，饮着温酒，感到无比的舒适。殿堂上宫女们各司一职，有捧杯盘的，有持巾扇的，有进酒的，有司香的，走来走去，弄得贡品丝织红毯，都被纷沓的脚步踏得起皱了。这两句精致生动的具体描写，刻画出多少华贵、侈靡的宫廷生活。万户千家的劳动者血汗，养活侍奉一个白天黑夜饮食嬉戏的君王。这首小词竟出自帝王之手，但由于反映真实，反过来起到白居易《新乐府》的正面作用。

下阕写君王、后妃的醉舞狂欢："佳人舞点金钗溜，酒恶时拈花蕊嗅。"后主才思精敏，颇知音律。自纳周后、小周后，更加耽于歌舞。即位以后，日日沉溺于此，谱新声，制新舞，把国家大事全抛脑后。有个御史叫张宪的上书劝谏。他不但不恼，反赏张宪三十四帛，奖他敢谏。然而耽乐如故，并不听从。这里上句形容起舞的宫人，按照舞曲或缓或急的点拍，从翩翩起舞到宛转袅娜，到紧紧旋转。跳到极处，鬓髻松散，一支金钗滑落下来了。下句写中酒的君王，他醉眼蒙眬，不胜酒意，顺手随意摘下一枝花，放在鼻上闻着，希望解些酒气。词人至此，已带着欢乐的心情，把他的放纵逸乐，写得淋漓尽致，真实如画，结末更添了重要的一笔，补足前面的生活描绘。"别殿遥闻箫鼓奏"，后主听到别殿的箫鼓管弦演奏起来了。他知道那边的嫔妃宫娥又在演出什么新鲜花样的歌舞来讨他的欢喜了，当然他就要起驾去观赏一番。如果说上阕首句展开时间的阔度——不是一日的狂欢，而是夜继日、日延夜，无日无夜。下阕的末句又展开地点的范围——不是一处，而是几处的狂欢。

四十二字的小令，写尽帝王的豪华、糜烂的生活。它的价值在于写得真实，有典型意义。同时，也不可不看到李煜描写生活现象的艺术手法和境界，也是相当成功的。

【辑评】

一、宋赵令畤《侯鲭录》卷八：金陵人谓中酒曰酒恶，则李后主诗云"酒恶时拈花蕊嗅"，用乡人语也。

二、宋李颀《古今诗话》：欧公云诗源于心，贫富愁乐、皆系其情。江南李氏宫中诗曰："红日已高三丈透"（下略）与夫"时挑野菜和根煮，乱斫生柴带叶烧"异矣。（引见郭绍虞《宋诗话辑佚》）

三、宋陈善《扪虱新话》卷七：帝王文章自有一般富贵气象。

四、清贺裳《皱水轩词筌》：写景文工者，如尹鹗"尽日醉寻春，归来月满身"，李重光"酒恶时拈花蕊嗅"，……皆入神之句。

五、清沈雄《古今词话·词辨》上卷：李后主用仄韵，"红日已高三丈透"固是绝唱。

六、俞陛云《唐五代两宋词选释》：《扪虱新话》云："帝王文章，自有一般富贵气象。"此语诚然。但时至日高三丈，而炉始添兽炭；宫人趋走，始踏皱地衣，其倦勤晏起可知。恣舞而至金钗溜地，中酒而至嗅花为解，其酣嬉如是而犹未满足，箫鼓尚闻于别殿。作者自写其得意，为穆天子之乐未央，适示人以荒宴无度。宁止杨升庵讥其侈富贵耶；但论其词，固极豪华妍丽之致。

七、刘永济《唐五代两宋词简析》：此南唐未亡前李煜所写宫中行乐之词。此时江南，生产力已发达，统治者享受极其侈靡。锦作地衣，即其证。

八、唐圭璋《李后主评传》：所抒之情，不外在江南时欢乐之情与在宋都时悲哀之情。

九、唐圭璋《唐宋词简释》：此首写江南盛时宫中歌舞情况。起言，红日已高，点外景。次言金炉添香，地衣舞皱，皆宫中事。换头承上、极写宴乐。金钗舞溜，其舞之盛可知。花蕊频嗅，其醉之甚可知。末句，映带别殿箫鼓，写足处处繁华景象。

十、龙榆生《南唐二主词叙论》：描写宫中豪侈生活者如《浣溪沙》（词略）。后二首（本阕及《玉楼春》"晚妆初了明肌雪"）则富丽中饶有清气，想见后主前期生活之舒适。

一斛珠①

　　晓妆初过，沉檀轻注些儿个②。向人微露丁香颗③。一曲清歌，暂引樱桃破④。　　罗袖裛残殷色可⑤，杯深旋被香醪涴⑥。绣床斜凭娇无那⑦，烂嚼红茸⑧，笑向檀郎唾⑨。

【注释】

①一斛珠：曹邺《梅妃传》：明皇既宠杨贵妃，遂疏梅妃。会夷使至，献珍珠一斛。上密赐梅妃。梅妃以诗答明皇曰："柳叶双眉久不描，残妆和泪污红绡。长门自是无梳洗，何必珍珠慰寂寥。"上览诗怅然，令乐府以新声度之，号"一斛珠"。

②沉檀：檀，浅绛色化妆品。沉檀，色深而润者。唐妇女梳妆时用于眉端或唇上。韩偓《余作探使以缭绫手帛子寄贺因而有诗》：檀口消来薄薄红。阎选《虞美人》词："臂留檀印齿痕香。"轻注：轻轻点上。些儿个：方言，即"些子儿"，一点。

③丁香颗：丁香，常绿乔木，又因其形名鸡舌香。丁香为丁子香简称。汉代郎官奏事，口含鸡舌香，奏事对答，气味芬芳。这里丁香颗指香口。颗（kuò）入韵。

④樱桃：落叶乔木，果实红而味甜。诗词中借喻为女人娇小红润的嘴。自居易《本事诗》："樱桃樊素口，杨柳小蛮腰。"李商隐《赠歌妓》诗："红绽樱桃含白雪，断肠声里唱《阳关》。"纳兰性德《蝶恋花》："樱桃暗解丁香结。"破：这里以樱桃喻口，女人歌唱时张口，好像樱桃绽破。

⑤裛（yì）：通浥，沾湿。唐王维《送元二使安西》诗："渭城朝雨裛轻尘，客舍青青柳色新。"殷色：深红色。可：相称，相合。一般连用词有"可心"、"可体"、"可口"等。

⑥杯深：酒喝多了。旋：又，还。香醪（láo）：汁滓相掺，味厚而甜的醇（chún）酒。米酒、浊酒同此。涴（wò）：同"污"。杜甫《虢国夫人》："却嫌脂粉涴颜色，淡扫娥眉朝至尊。"

⑦绣床：妇女将较大绣件绷在架子上，俗称"绷子"，古言"绣床"，入坐于前，约齐胸。凭（pìng），靠在东西上。无那（nuò）：非常，无限。这里不作"无奈"解。"娇无那"，娇得很。亦犹"愁无那"，愁得很。香无那，香得很。

⑧茸：通绒。这里指刺绣用的绒线。

⑨檀郎：晋潘安，小字檀奴。檀喻其香。妇女对丈夫或恋人美称檀郎。李商隐诗："今宵歌管属檀郎。"康与之《采桑子》词："笑语檀郎，今夜纱厨枕簟凉。"唾（tuò）：吐，啐。

【讲解】

本篇题材小得不能再小，只为描写一个歌女的口。通过口的多样形容，刻画歌女的冶荡娇态、糜烂生活、和尘下品位。历代文人，或赞它写得"精细"，"风流"，"酷肖小儿女情态"；或称它是"为人所竞赏"的一篇上好小题文字。这首小词，果然写得真实、生动，但只能是一个空虚、无聊的灵魂的侧面写照而已。

"晓妆初过，沉檀轻注些儿个"，直接进入美人口小题。这一歌女，晨起化妆，梳洗完毕。把深红色的香膏，轻轻点上唇上。"些儿个"，是方言、口语。李煜写小词，为了便于文化较低的歌妓演唱，开始用口语、方言。前面他的《浣溪沙》词中"酒恶"一词，就是"乡人语"。宋人作词，如李清照、辛弃疾，为了丰富词的语汇，喜用方言口语，使词增加了和诗不同的特点，扩展了词的语言表现。

"向人微露丁香颗"，是刻画美人口第一处。这句词形容美人气吐如兰。丁香的特点就是芳香，用作香料。虽然它又名鸡舌香，恐怕不能把词句中的"丁香颗"解释为歌女向人吐舌头，只能解作歌女与狎客相见时，露齿寒暄，芳香满口。

"一曲清歌，暂引樱桃破"，是刻画美人口的第二处。既为歌女，自然要以歌侑客。她曼声唱着，那形似红樱桃的嘴，似樱桃绽破，露出洁白的牙齿和甜润的芳香。

过片延续小题，扣住美人口的描绘："罗袖裛残殷色可，杯深旋被香醪浣。"便是刻画美人口的第三处，歌女歌罢，该是侍宴侑酒了。那沉檀轻注，唇色殷红的美人口，如今沾上酒滴，格外鲜润。酒进多了，歌女频频以罗袖揩拭口边的酒痕。红艳欲滴的美人口，浸在酒杯里，血色醇酒，污了唇和袖。美人显得格外娇态动人，狎客格外陶醉在酒和唇边了。

词人之笔，写到极处，刻画美人口，也到了最后一处。宴罢，客人散去，有了酒意的歌女，对着留下来的心爱的檀郎，更加妖冶放荡了："绣床斜凭娇无那，烂嚼红茸，笑向檀郎唾。"歌女房中设置着绣床，上面有尚未绣完的绣工针线。夜阑酒罢，只剩她与檀郎共处。她斜倚绣床，并不打算做针线。但仍拿起绒线，习惯地一端衔在口里，一端用手拉直，这时不知檀郎说句什么轻薄的玩笑语，便发出娇嗔，把口里嚼烂的红茸向着檀郎啐去，檀郎由此更加心荡。至此，词人便完成刻画美人口的许多方面。这些景象自然都是李煜宫廷生活中的一部分。难为他形容得如此惟妙惟肖，精细无比，可以说前无古人，后无来者。

【辑评】

一、明沈际飞《草堂诗馀别集》卷二：后主、炀帝辈，除却天子不为，使之作文士荡子，前无古，后无今。

二、明卓人月《古今词统》卷八：徐士俊云，天何不使后主现文士身而必予以天子位，不配才，殊为恨恨。

三、明潘游龙《古今诗馀醉》卷一二：描画精细，绝是一篇上好小题文字。

四、清李渔《窥词管见》：李后主《一斛珠》之结句云："绣床斜倚娇无那。烂嚼红绒，笑向檀郎唾。"此词亦为人所竞赏。予曰：此娼妇倚门腔，梨园献丑态也。……不料填词之家，竟以此事谤美人。而后之读词者，又只重情趣，不问妍媸，复相传为韵事，谬乎不谬乎。无论情节难堪，即就字句文浅者论之，烂嚼打人诸腔口，几于俗杀，岂雅人词内所宜。

五、清贺裳《皱水轩词筌》：词家多翻诗意入词，虽名家不免。吾常爱李后主《一斛珠》末句云："绣床斜凭娇无那，烂嚼红绒，笑向檀郎唾。"杨孟载《春绣》绝句云："闲情正在停针处，笑嚼红绒唾碧窗。"此却翻词入诗，弥子瑕竟效颦于南子。

六、清李佳《左庵词话》卷下：李后主词"烂嚼红绒，笑向檀郎唾"。李易安词"倚门回首，却把青梅嗅"。汪肇麟词"待他重与画眉时，细数郎轻薄"。皆酷肖小儿女情态。

七、清陈廷焯《词则·闲情集》卷一：风流秀曼，失人君之度矣。又《云韶集》卷一：画所不到，风流秀曼，失人君之度矣。

八、俞陛云《唐五代两宋词选释》：虽绮靡之音，而上阕"破"字韵颇新颖。下阕"绣床"三句自是俊语。杨孟载袭用之，有《春绣》绝句云："闲情正在停针处，笑嚼红绒唾碧窗"，翻用前人词语入诗，虽能手不免。

九、唐圭璋《李后主评传》：这首词写人的妆饰，写人的服色，写人的狂醉，写人的娇态，并写得妖冶之至。

又《唐宋词简释》：此首咏佳人口。起两句，写佳人口注沉檀。"向人"三句，写佳人口引清歌。换头，写佳人口饮香醪。末三句，写佳人口唾红茸。通首自佳人之颜色服饰，以及声音笑貌，无不描画精细，如见所闻。

十、龙榆生《南唐二主词叙论》：后主在位十五年，保境安民，颇有小康之象。因得寄情声乐，荡侈不羁。《诗话类编》云：后主尝微行娼家，乘醉大书石壁曰："浅斟低唱，偎红倚翠，大师鸳鸯寺主，传风流教法。"此时宁复知世间有苦恼事？故在前期作品，类极风流蕴藉，堂皇富艳之观，描写美人娇憨情态者，如《一斛珠》……。温馨艳丽，荡人心魄；又好用代词，如"丁香"，"樱桃"之类，颇受温庭筠影响。

玉楼春

晚妆初了明肌雪①。春殿嫔娥鱼贯列②。笙箫吹断水云间③，重按《霓裳》歌遍彻④。　　临风谁更飘香屑⑤。醉拍阑干情味切⑥。归时休放烛光红，待踏马蹄清夜月。

【注释】

①了：罢。明肌雪：肌肤明洁如雪。温庭筠《女冠子》词："钿镜仙客似雪。"韦庄《菩萨蛮》词："炉边人似月，皓腕凝双雪。"

②嫔娥：统指宫殿中的嫔妃、宫女。鱼贯列：依序排列，游鱼般地连贯而进。

③吹断：吹罢，吹尽。水云：水态云容。诗词中常水、云并用。这里表示笙箫声奏把听者引入容与缥缈的仙境；注入悠闲、潇洒的情怀。

④按：弹奏。霓裳：指唐著名舞曲《霓裳羽衣曲》。开元中河西节度使杨敬忠进献。经唐玄宗润律并制歌辞。白居易《琵琶行》："轻拢慢捻抹复挑，初为《霓裳》后《绿腰》。"安史乱后，其音遂绝。后主独得其谱，由大周后变易讹谬，繁手新音，清越可听。遍：大曲一叠名一遍。唐之《霓裳》，散序六遍，中序以下十二遍。前六遍无拍不舞，后十二有拍而舞。彻：即入破的最末遍，是曲之"终"、"末"。声高亢而急促。宋欧阳修《玉楼春》词："从头歌韵响铮鏦，入破舞腰红乱旋。"

⑤临风：另本作"临春"。郑骞《词选》注：李宫中有临春阁，恐非是。前已有"春殿"，重"春"字未妥。飘香屑：后主宫中有主香宫女，持百合香粉屑，各处均散。或解作落花，非是。此处并非庭院，何来落花。又洪刍《香谱》谓后主自制"帐中香"，以丁香、沉香及檀、麝等各一两，甲香三两，皆细研成屑，取鹅梨汁蒸干焚之，"飘香屑"者，或即此香。

⑥醉：这里指君王极声色之娱，乃至神迷心醉。

【讲解】

这是李煜的前期作品。虽然写的仍旧是侈纵的宫廷生活，君妃的声色游乐，但在富丽中饶有清致，逸乐中颇见真情，并不失为一件上乘的艺术佳篇。

开篇从后宫佳丽写起："晚妆初了明肌雪，春殿嫔蛾鱼贯列。"首句着意刻画人之美。次句作衬则写人之众。第一人不妨猜测是大周后。李煜与周后对音乐与舞蹈有共同的癖好和造诣，于舞于乐，周后还高一筹。根据马令《南唐书》卷六和王灼《碧鸡漫志》的记载，后主与周后曾将流失复得的唐明皇《霓裳羽衣》旧谱加以详定、补阙，创为新声，可以断定他们相互的真挚感情是有共同的文化基础的。本词写宫廷歌舞，周后自然应是班头和主角。词在第一句形容周后光艳照人，不写浓妆，不言华饰，单以明肌如雪赞她的天生国色。第二句形容美人之众，如群鱼贯列，如众星捧月。用这样的侧写补充第一句三千佳丽宠在一身的周后的形象。

在叙写美人之美之众以后，"笙箫吹断水云间，重按霓裳歌遍彻"，两句写歌舞之盛。经过一轮清越可听的笙箫细乐演奏，仿佛全殿都沉浸在虚无缥缈的水云仙乡之中了。后来王阮亭《南唐宫词》，写到夜宴，有句云："秦淮宫殿浸虚无"，恐怕就指的这句词。可见后主听音乐时，极有悠闲雅致，极为真正知音。这时，列队的美女，排着队形，伴着新曲，翩翩起舞。一遍复一遍，一拍复一拍，直到彻彻方休。上句写曲调之高雅，下句写舞姿的沉酣。两句合起来，就表现出君王在视、听、觉感官上的高度享受。

下阕宕开词笔，集中写置身于声、色、逸乐中的风流君主的感发、兴致和襟怀，"临风谁更飘香屑，醉拍阑干情味切"是续上阕进一步的描写。忽一阵风，带来一股迷人的香气。君王于视、听感官恣情享受之余，又增添了嗅觉上的享受。妙在他不知道殿角飘来的香气是哪儿来的。他深处宫廷，有数不清的享乐手段供奉承欢。他的后宫是出名的奢靡，他善于享受，想出各种的逸乐之法。宫里备有主香宫女，会不时地把百合香的粉屑飞扬起来，微风一动，合殿都闻到淡淡的香味。词人还设了一问："谁更?"也就是"何来"之意。这时飘来的香气，令君王十分惬意，格外心醉。下句的"醉"字并非来自饮酒。前面词句没有提到饮酒，乃是耳、目、鼻等感官使他陶醉，看他这一个君王陶醉得忘形了，"醉拍阑干情味切"。原来他不仅是个君王，还是一个诗人。看他游乐之中还不庸俗："归时休放烛光红，待踏马蹄清夜月。"夜宴已罢，大家散了吧。不必燃烛，我将与周后单独骑马回寝宫了。繁华初歇，笙歌方罢，我们需要一种精神享受，让我们抱着诗情，伴着清夜，沐浴在月光之下，听着天街上的清脆马蹄声，缓缓而归吧。

本词浓淡相映，雅而不俗，只有李煜，这样一位君主兼诗人，才能写出如此高妙的形容宫中逸乐的词章。

【辑评】

一、宋马令《南唐书》卷六《女宪传》：后主昭惠后周氏，小字娥皇，大司徒宗之女，甫十九岁，归于王宫。通书史，善音律，尤工琵琶。乐工曹生亦善琵琶，按谱粗得其声，而未尽善也。唐之盛时，霓裳羽衣

李
煜
词
全
集

029

最为大曲，罹乱，瞽师旷职，其音遂绝。后主独得其谱。……后辄易讹谬，颇去泆淫，繁手新音，清越可听。

二、宋王灼《碧鸡漫志》卷三：李后主作《昭惠后诔》云：《霓裳羽衣曲》，绵兹丧乱，世罕闻者，获其旧谱，残缺颇甚，暇日与后详定，去彼泆繁，定其缺坠。

三、宋胡仔《苕溪渔隐丛话》前集卷二四：此曲世无谱，好事者每惜之。《江表志》载周后独能按谱求之。徐常侍铉有《听霓裳送以诗》云："此是开元太平曲，莫教偏作别离声。"则江南时犹在也。

四、明沈际飞《草堂诗馀正集》卷一：此驾幸之词，不同于宫人自叙。"莫教踏碎琼瑶"，"待踏清夜月"，总是爱月，可谓生瑜生亮。又云：侈纵已极，那得不失江山？《浪淘沙》词即极清楚，何足赎也。

五、明茅暎《词的》卷二：风流帝子。

六、明李于鳞：上叙凤辇出游之乐，下叙銮舆归来之乐。（引见《南唐二主词汇笺》）

七、明李廷机《草堂诗馀评林》卷三：人主叙宫中之乐事自是亲切，不与他词同。

八、清吴任臣《十国春秋》卷一八：昭惠国后周氏，小字娥皇，司徒宗之女。十九岁归皇宫。通书史、善歌舞、尤工琵琶，尝为寿元宗前，元宗叹其工，以烧檀琵琶赐之，盖元宗宝惜之器也。后于采戏、弈棋、靡不妙绝。……后主嗣位，册立为国后，宠嬖专房。创为高髻纤裳及首翘鬓朵之妆，人皆效之。常雪夜酣燕举杯请后主起舞，后主曰："汝能创为新声，则可矣。"后即命笺缀谱、喉无滞音、笔无停思。俄顷谱成，所谓《邀醉舞破》也。（毛氏《填词名解》云："《邀醉舞破》调，今不传。"）又有《恨来迟破》，亦后所制。故唐盛时，《霓裳羽衣》最为大曲，乱离之后，绝不复传，后得残谱，经琵琶奏之，于是开元、天宝之遗音复传于世。内史舍人徐铉闻之于国工曹生，铉亦知音，问曰："法曲终则缓，此声乃反急，何也？"曹生曰："旧谱实缓，宫中有人易之，非吉征也。"后主以后好音律，因亦耽嗜，废政事。监察御史张宪切谏，赐帛三千尺，以旌敢言，然不为辍也。

九、清徐釚《词苑丛谈》卷六：李后主宫中未尝点烛，每至夜则悬大宝珠，光照一室如日中，尝赋《玉楼春》宫词云（词略）。王阮亭南唐宫词云："花下投签漏滴壶，秦淮宫殿浸虚无，从兹明月无颜色，御阁新悬照夜珠。"极能道其遗事。

十、清许昂霄《词综偶评》：《玉楼春》"重按霓裳歌遍彻"，《霓裳曲》十二遍而终，见香山诗自注。"临风谁更飘香屑"，"飘香屑"，疑指落花言之。

十一、清谭献《复堂词话》：豪宕。

十二、清陈廷焯《云韶集》卷二四：风雅疏狂，失人君之度矣。

十三、俞陛云《唐五代两宋词选释》：此在南唐全盛时所作。按霓羽之清歌，蒸沉香之甲煎，归时复踏月清游，洵风雅自喜者。唐元宗后，李主亦无愁天子也。此词极富贵，而《浪淘沙令》"流水落花春去也，天上人间"，又极凄婉，则富贵亦一场春梦耳。……其"清夜月"结句，极清超之致。《艺苑卮言》云："后主直是词手。"

十四、唐圭璋《李后主评传》：后首写夜晚笙歌醉舞的情形，而夜分踏马蹄于清夜月之下，尤觉侈纵已极。

又《唐宋词简释》：此首亦写江南盛时景象，起叙嫔娥之美与嫔娥之众。次叙春殿歌舞之盛，下片，更叙殿中香气氤氲与人之陶醉。"归时"两句，转出踏月之意。想见后主风流豪迈之襟抱，与"花间"之局促房帏者，固自有别也。

子夜歌①

寻春须是先春早，看花莫待花枝老。缥色玉柔擎②，醅浮盏面清③。　　何妨频笑粲④，禁苑春归晚⑤。同醉与闲评⑥，诗随羯鼓成⑦。

【注释】

①《子夜歌》：又名《菩萨蛮》。李煜并用两名。他有两首《菩萨蛮》，又有两首《子夜歌》。另首《子夜歌》（人生愁恨何能免），比较有

名，本首缺字颇多："盖面"后缺一字，《历代诗馀》补"清"字。"频笑粲"前缺二字，王国维补"何妨"。"同醉"句恐亦有错字，未敢擅动。

②缥（piǎo）色：青白色，淡青色。这里代指青瓷酒壶。《文选》潘岳《笙赋》："倾缥瓷以酌醽"，注："倾碧瓷之器以酌酒也。"玉柔：洁白柔嫩，这里代指女人的手。擎（qíng）：举；向上托。

③醅（pēi）：未滤过的酒。浮：酒面漂沫，又名浮蚁。唐白居易《问刘十九》："绿蚁新醅酒，红泥小火炉。晚来天欲雪，能饮一杯无。"杜甫《客至》："樽酒家贫只旧醅。"盖面清：酒不是新醅，而是旧醅。浮滓已沉淀，盖面已清。

④粲：盛笑貌；露齿笑貌。《穀梁传·昭公四年》：军人粲然皆笑。

⑤禁苑：另本作禁院，帝王游息处。因平民禁止进入，故称禁苑。

⑥闲评：另本作"闲平"，盖"平"、"评"同。闲评，随意品评、议论。

⑦羯（jié）鼓：羯，匈奴之别族，羯鼓，羯族的一种乐器，由西域传至山西。状如漆桶，下支鼓床。两头俱击，亦称两杖鼓。温庭筠《华清宫》诗："宫门深锁无人觉，半夜云中羯鼓声。"

【讲解】

这首词反映后主李煜在春日宫中饮酒、赏花、赋诗的闲适生活。和他的另一首《子夜歌》相比，迥非一时之作，这篇是身在宫廷，一晌贪欢；那篇失国被囚，黯然回顾。历代选家无不取彼篇而弃此篇。但还有一点值得注意的，《子夜歌》与《菩萨蛮》是异名同调，选用这个词牌，李煜共写过四首，为什么其中的两首名《子夜歌》，两首名《菩萨蛮》呢？或者在名《子夜歌》两首中，作者有意仿民间曲子词的风格与腔调，于开端二句率真自然、平淡通俗，随口便歌么？周济在《介存斋论词杂著》说过："王嫱、西施，天下美妇人也。严妆佳，淡妆佳，乱头粗服，不掩国色。飞卿，严妆也；端已，淡妆也。后主则乱头粗服矣。"所谓文人当作"乱头粗服"者，就是不加采饰之意。

起头二句，直陈主题，便是"乱头粗服"。"寻春须是先春早，看花莫待花枝老。"两句浅率浑成，明白如话，很像歌谣俚曲。所言是真，一看便懂。放在词的开端，像是一曲清歌的导板，全词内容的核心，不取起兴、衬托的棒喝。它向我们宣告：有了春消息，就要做好寻春的准备；不待花盛开，不妨安排赏花的活动。因为春光一瞬即逝，花朵才开便萎，只好及时行乐，得乐且乐，这就是李煜前期人生观的表露。他会玩会乐，更会享受，骨子里对人生隐藏着恐惧与消沉的心理。

下面要把文人行乐具体化、形象化，他提出饮酒、赏花、吟诗三件雅事。遗憾的是失去了民谣俚曲的口吻和风格。

第一次随调转韵，词人撇开直述之笔，勾勒一幅图景：美人侑酒图。"缥色玉柔擎，醅浮盏面清。"这是作词的传统手法。以"缥色"代指酒壶，"玉柔"代指美人的手，原应在它们中间的动词"擎"字，却放在最后。这正是诗、词的习惯的句法。汉唐酒器，多用缥色瓷器，诗词文赋常见"青瓷"、"碧瓷"、"缥瓷"，李煜径直以"缥色"借代酒壶，或因韵律的需要，也未可知。"玉柔"借代美人执壶之手，洁白柔软。以一代全，可以想见美人的姿色，"擎"字下得准确，是"高举"的意思。五个字绘出美人捧壶劝酒情景，形象逼真。次句则是美人倒酒。这酒叫醅，是没有过滤的米酒，在古代是贵重的饮料。米酒中的泡沫渣滓，呈青绿色，所以又叫浊酒、绿蚁、浮蚁。醅有新醅、旧醅，新醅是才酿成的酒，白居易诗曰："绿蚁新醅酒。"旧醅是存储陈年的酒。杜甫诗曰："樽酒家贫只旧醅。"这里词人描写美人把酒壶里的旧醅倒在酒杯里，泡沫渣滓沉淀在底，清清亮亮的酒现于杯面，勾勒饮酒只拍摄了一个侧面镜头——可爱的人，可口的酒，这些表现得细致而真切，而君王的悠闲自得、饶有情趣的神情就如在眼前了。

过片后由画面、镜头再转回直述："何妨频笑粲，禁苑春归晚。"前面图像中，美人若隐若现，这里，美人比花。赏花、赏美人是一回事。李白《清平调》云："名花倾国两相欢，常得君王带笑看。"在君王眼里，庭院含苞的、怒放的繁花似锦，恰如美人的各样笑靥：忽而笑得频频，忽而笑得开心。名花美人，都是君王的宠物。他有权令花朵恣意地开，美人尽情地笑。他有权令宫里的春天停留得长久，好使他尽兴。

结末两句，描述尽兴中最不可少的部分——赋诗。"同醉与闲评，诗随羯鼓成"。君王、美人同时现身。他们一起酒酣心醉，一起随意闲谈。那君王随着羯鼓声敲，即兴吟哦，再制新词。这里暗合唐明皇羯鼓催春的故事，用来首尾呼应，结束全篇。根据唐南卓《羯鼓录》记载，当年唐玄宗在早春二月一天清晨，见露雨初晴，景物明丽。宫中内庭，柳杏欲吐。明皇叹道：这样明丽的景色，我能不降旨催春吗？左右侍从赶紧凑趣献酒，但不知如何

李煜词全集

催春早至。独高力士善知帝意，立即取来羯鼓，击鼓催春。明皇命击鼓，奏《春光好》一曲。果见内苑新柳发芽，红杏放花。人间的皇帝看来居然可以代天行事了。李煜不以这个故事很荒唐，他在词中表现的饮酒、赏花、吟诗，和明皇如出一辙。前后映照一个要催春，另一个要驻春，都在得意忘形。不多几时，鼙鼓换了羯鼓，两个皇帝的好梦都成泡影了。

对这样的词章，除去承认作者有过人的文采外，还能兴起什么样的共同感发呢！

【辑评】

詹安泰《李璟李煜词》：这是写春天里在禁苑中过着饮酒赋诗的闲适生活。开首由人生应该及时行乐说起，次说女人劝酒，次说欣赏禁苑的春色，最后说赋诗。通篇都写得比较自然平淡，和主题相适应。

菩萨蛮

花明月暗笼轻雾，今宵好向郎边去。刬袜步香阶①，手提金缕鞋②。　　画堂南畔见③，一向偎人颤④。奴为出来难，教郎恣意怜⑤。

【注释】

①刬（chǎn）：犹言"光着"。刬袜：光着袜底，袜底着地。唐无名氏《醉公子》词："刬袜下香阶，冤家今夜醉。"纳兰性德《浣溪沙》词："十二红帘窣地深，才移刬袜又沉吟。"香阶：台阶的美称。

②金缕鞋：鞋面以金线绣花，故名。

③画堂：有彩绘的殿堂，亦泛指华丽的宫室。

④一向：同一饷，一晌；一会儿，好长一阵子，一味，一意。白居易《昭君怨》："自是君恩薄如纸，不须一向恨丹青。"周邦彦《庆春宫》："许多烦恼，只为当时，一饷留情。"李煜《浪淘沙》："梦里不知

身是客，一饷贪欢。"偎人：亲热地靠着。颤：身体抖动。

⑤恣意：尽情，纵情。怜：爱怜，疼爱。

【讲解】

关于这首描写男女幽会的小词，许多评家都认为是后主与小周后情事的纪实。小周后是大周后（即昭惠后）之妹。十五岁时，因探视病重的姐姐进了宫。后主立刻爱上了她，瞒着周后，与她私通。昭惠后忽一日掀开床幔，看见自己的妹妹，惊问："你什么时候来的？"小周后不知避嫌，答道："进宫几天了。"昭惠后明白必是后主不顾夫妻情义，乘她生病，霸占了她的妹妹。当时转身向床里卧，不肯再见后主。昭惠死后，后主确实很悲痛，做了许多诗、文祭诔她；但同时将小周后留在宫中，情爱弥恒。这件宫闱秘事连同这首纪实的小词，传于宫外。三年后，待小周后长成，才册立为周后，世称小周后。百官朝贺，大臣韩熙载作诗讽刺后主失德。后主佯装不闻，并不加罪。

全篇形容一个女人初次与男人幽会。上阕写她的行动：悄然赴约于前，仓皇逸去于后。下阕中心是描写她在幽会时的情态和语言，突出她的热情、真率和大胆的性格。

"花明月暗笼轻雾，今宵好向郎边去。"上句以夜景铺垫，黯淡的月，迷离的雾，给半夜悄然赴约，生怕被人发觉的女主人公一点方便，暗影中的明艳花朵象征着偷情的少女的娇媚和青春。女人呼男子为"郎"，说明她的心已然相许了。如今主动前去践约，恐怕曾经多次犹豫才有今天的决心的。下面原该接续下阕的幽会场面，词人却做了一个颠倒的结构：他把女人行动的一来一去、幽会的一首一尾，这两个画面捏在一起，作为上阕，因为它们描摹的都是女人的单独行动。第一个是淡月轻雾中女子潜来的画面。第二个则是幽会事毕，女子仓皇离去的画面。"划袜步香阶，手提金缕鞋。"女人何等慌张，因来不及穿鞋，光着袜底便跑了。一双手还提着鞋子。这个画面虽涉猥亵，但生动传神，饶有情致。少女初次偷情，上阕是这等行为，下阕是那样心态。一方面因做错了事而害怕，害羞；一方面因偷情成功，激动而有幸福感。

下阕写幽会的中心，更加精彩："画堂西畔见，一向偎人颤。"女人走到践约之处——画堂西畔，一眼瞥见等待她的情郎，便扑过去，紧相偎倚，身子抖动着，好一会儿享受着难得的欢乐。词人用了一个"一向"，一个

"颤"，描摹女子的情态，可谓大胆的暴露，狎昵的极度。末二句描摹女子的言语，更是写实之笔："奴为出来难，教郎恣意怜。"越礼偷情，幽会不易，感郎挚爱，今来就郎。"任你恣意爱怜吧，我只珍惜这幸福的一刻！"女子如此毫无忌讳地吐露爱情，真令男子销魂无限。只有后主之情和他的笔，才会把本人的风流韵事传写得如此淋漓尽致。

从本词看，李煜是如何擅长写人物。他以白描手法，认真细致地描摹人物的行动、情态和语言，毫无雕饰和做作。只凭画面和形象，便织成一件高妙的艺术品。不过如此狎昵的猥亵的内容，不足为法。和古代《诗经》、汉乐府、五代诗词同等描摹妇女的热烈坦率的爱情、反叛坚定的性格的那些名篇，是不可相提并论的。

【辑评】

一、宋马令《南唐书》卷六《女宪传》：后主继室周氏，昭惠之母弟也。警敏有才思，神采端静。昭惠感疾，后常出入卧内，而昭惠未之知也。一日，因立帐前，昭惠惊曰："妹在此耶？"后幼，未识嫌疑，即以实告曰："既数日矣！"昭惠恶之，返卧不复顾。昭惠殂，后未胜礼服，待年宫中。明年，钟太后殂，后主丧服，故中宫位号久而未正。至开宝元年，始议立后为国后。……后自昭惠殂，常在禁中。后主乐府词有"划袜步香阶，手提金缕鞋"之类，多传于外，至纳后，乃成礼而已。翌日，大宴群臣，韩熙载以下，皆为诗以讽焉，而后主不之遣。

二、宋蔡居厚《诗史》：后主继后周氏，昭惠后女弟。开宝元年，册立行亲迎礼，民间观者万人。先是后寝疾，小周后已入宫中，后偶褰幔见之，怨至死，面不外向。后主制《乐府》，艳其事，词云："花明月暗笼轻雾（下略）。"词甚狎昵，颇传于外，至纳后，乃成礼而已。翌日大宴群臣，韩熙载以下皆作诗讽焉，而后主不之遣也。徐铉有《纳后夕侍宴诗》云："时平物茂岁功成，重翟排云到玉京。四海未知春色至，今宵先入九重城。"又："银烛金炉禁漏移，月轮初照万年枝。造舟已似文王事，卜世应同八百期。"（引见郭绍虞《宋诗话辑佚》）

三、明卓人月《古今词统》卷五：徐士俊云："花明月暗"一语，珠声玉价。

四、明潘游龙《古今词馀醉》卷一〇：结语极俚极真。

五、明茅暎《词的》卷一：竟不是作词，恍如对话矣。

六、清沈雄《古今词话·词品》下引孙琼评："感郎不羞赧，回身向郎抱"，六朝乐府便有此等艳情，莫诃词人轻薄。……李后主词"奴为出来难，教君恣意怜"。正见词家本色，但嫌意态之不文矣。

七、清李调元《雨村词话》卷二：杜安世词多袭前人，《寿域词》一卷，殊无足观。如《菩萨蛮》："花明月暗朦胧雾。此时欲往侬边去。刬袜下香阶，手携金缕鞋。药阑东畔见。执手偎人颤。奴为出家难。从君恣意怜。"此南唐李后主词，为小周后而作也，脍炙人口已久，略改数字，窜入己集，不顾叠耻。

八、清吴任臣《十国春秋》卷一八：后少以戚里，间入宫掖，圣尊后绝怜爱之。后主制乐府，艳其事，有"刬袜""金缕鞋"之句，辞甚狎昵，颇传于外。至纳后，乃成礼而已。翌日大燕群臣，韩熙载以下皆作诗讽焉，而后主不之谴也。（《古今风谣》载：后主时，江南童谣曰："索得娘来忘却家，后园桃李不生花。猪儿狗儿都死尽，养得猫儿患赤瘕。""娘来"谓再娶周后也；"猪狗死"谓尽戊亥年也；"赤瘕"目病，猫有目病不能捕鼠，谓不见丙子之年也。）

九、清许昂霄《词综偶评》：《子夜》，情真景真，与空中语自别。

十、清吴衡照《莲子居词话》卷三：妇人缠足，南唐后主时窅娘外，别无闻焉。吾乡周斌侯（兼）善画士女，尝写《小周后提鞋图》，于指间挂双红作纤纤状，颇属杜撰。图为赏鉴家所重，当时如初白、樊榭，前后题咏，具载本集。"许蒿庐（昂霄）诗云："弱骨丰肌别样姿，双鬟初绾发齐眉。画堂南畔惊相见，正是盈盈十五时。""多少情惊眼色传，今宵刬袜向郎边。莫愁月黑帘栊暗，自有明珠彻夜悬。""正位还当开宝初，玉环旧恨问何如。任教褰幔工相妒，博得鲸夫一纸书。""一首新词出禁中，争传纤指挂双弓。不然谁晓深宫事，尽取春情付画工。"张寒坪（宗楠）诗云："教得君王恣意怜，香阶微步发垂肩。保仪玉貌流珠慧，输尔承恩最少年。""别恨瑶光付玉环。谏词酸楚自称鲸。岂知刬袜提鞋句，早唱新声《菩萨蛮》。""花明月暗是良媒。谁遣深宫侍疾来。惊问可怜人返卧，心知未解避嫌猜。""北征他日记匆匆，无复珠翘鬓朵工。一自宫门随例入，为渠宛转避房栊。"按元人又有《太宗逼幸小周后图》，惜斌侯未之仿也。

十一、清俞正燮《癸巳存稿》卷四：以手提鞋语证之，则刬袜是光脚不履，仅有袜耳。刬，如骑马之刬。

十二、清张宗橚《词林纪事》卷二：海昌马衍斋先生，曾令画工周兼写南唐小周后提鞋图，一时题咏甚众。

十三、清陈廷焯《云韶集》卷一："刬袜"二语，细丽。"一晌"妙，香奁词有此，真乃工绝。后人着力描写，细按之，总不逮古人。又《词则·闲情集》卷一：荒淫语，十分沉至。

十四、清张德瀛《词徵》卷五：南唐李后主留意声色，先纳周宗女为后，后通书，善音律，《霓裳羽衣曲》久绝不传，后按残谱，尽得其声调，徐游等从旁称美，有狎客风。后有妹，姿容绝丽，以姻戚往来宫中，得幸于唐主。唐主制小令艳词，颇传于外。后卒，竟册立之，被宠逾于故后，词即《菩萨蛮》"花明月暗"一阕，后人亦载诸《寿域词》，而更易其数字焉。按陆游《南唐书》后主周后传，后卒于瑶光殿，年二十九，葬懿陵。后主哀甚，自制诔，刻之石，与后所爱金屑檀槽琵琶同葬，又作书燔之与诀，自称"鳏夫煜"，其辞数千言，皆极酸楚。

十五、俞陛云《唐五代两宋词选释》：昭惠后之妹，因侍后疾而承恩，词为进御之夕作，"刬袜"二句想见花阴月暗，悄行多露之时，宫中事秘，后主乃张之以词，事传于外，继立为后之日，韩熙载为诗讽之，而后主不恤人言也。

十六、刘永济《唐五代两宋词简析》：此非泛写闺情之词，乃后主记与小周后幽会之事。马令《南唐书》载后主继室周后，即昭惠后之妹也。昭惠感疾，后尝在禁中，先与后主私，后主作《菩萨蛮》云云。按此词，后主自记，情景甚真。偎人颤者，又惊又喜之态也。

十七、唐圭璋《唐宋词简释》：此首写小周后事。起点夜景，次述小周后忽遽出宫之状态。下片，写相见相怜之情事，景真情真，宛转生动，"奴为"两句，与牛给事（牛峤）之"须作一生拚，尽君今日欢"，同为狎昵已极之词。他如"潜来珠琐动，惊觉银屏梦"，"眼色暗相勾，秋波横欲流"诸词，亦皆实写当日情事也。

十八、龙榆生《南唐二主词叙论》：其为小周后而作《菩萨蛮》（词略），尤极风流狎昵之至，不愧"鸳鸯寺主"之名。

菩萨蛮

蓬莱院闭天台女^①，画堂昼寝人无语。抛枕翠云光^②，绣衣闻异香。　　潜来珠琐动^③，惊觉银屏梦^④。脸慢笑盈盈^⑤，相看无限情。

【注释】

①蓬莱：仙山名。《史记·封禅书》："蓬莱、方丈、瀛洲，此三神山者，相传在渤海中，去人不远；患且至，则船风引而去。盖尝有至者，诸仙人及不死之药皆在焉。"蓬莱院者，代指仙人居处。唐代有蓬莱宫，在今陕西省长安县东。这里以唐代宫阁代指南唐宫院，未必南唐实有此院。天台：山名，在今浙江省天台县北。相传东汉刘晨、阮肇入天台山采药，遇二女，留住半年回家。子孙已历七世，乃知二女为仙女。事见《太平御览》引南朝宋刘义庆《幽明录》及《太平广记》引《神仙记》。这里天台女代指仙女。

②翠云：代指女子乌黑浓密的头发。柳永《洞仙歌》："记得翠云偷剪，和鸣彩凤于飞燕。"

③潜来：偷偷地来。珠琐：宫门搭扣。刻镂为连环，上缀珠饰。门启动便有细碎声。

④银屏：室内床侧障蔽物。这里指银的发光的屏风或围屏。

⑤脸慢：慢是曼的借字。曼：光鲜细嫩。《招魂》："蛾眉曼睩。"王逸注："曼，泽也。"脸慢，同慢脸。南朝梁刘遵《繁华应令》诗："鲜肤胜粉白，慢脸若桃红。"毛熙震《女冠子》："修蛾慢脸，不语檀心一点。"盈盈：仪态美好的样子。古诗《青青河畔草》："盈盈楼上女，皎皎当窗牖。"

这首词仍是李煜在金陵宫中真实生活的生动体现。女主人公可能是小周后，但没有什么根据，只好丢开不究。词人在这首词里，撇开自己的帝王身份，屏除纵情声色的猥亵笔墨，刻画了在一个文人或情种眼里的一个神仙般的女子，以及男女恋情中的一段旖旎风光，慧心妙语，细致传神，压倒《花间》艳制，值得细加味品。

女主人公出现不凡："蓬莱院闭天台女，画堂昼寝人无语。"《史记·封禅书》所形容的蓬莱乃是中国神话中最美丽的仙境。所谓"山在虚无缥缈间"（白居易《长恨歌》句）；"未至，望之若云。及到，三神山反居水下。临之，风辄引去，终莫能至云"（《封禅书》）。至于神话中所谓仙人，想来也是恍兮惚兮、可望而不可即的了。天台仙女是又一个中国美丽的神话传说。汉朝刘晨和阮肇入天台山采药，遇二仙女，彼此产生爱慕之情。刘、阮留在山中达半年之久。忽一日二人起了思家之念，轻率辞去。不料尘世间已过了七世，始悟所宿是仙境，所恋乃仙女，当即返回，寻找那失去的青春和爱情，已不可复得。李煜把所欢的女子比作天台仙女，把她的寝宫比作蓬莱仙境。却于中间用了一个极有分量的动词"闭"字，表示他所迷恋的女人，既不是虚无缥缈、若有若无的，也不是昙花一现，一瞬即逝的。他已经把她关在"人间"，属于自己的了。为此，他不用她侍酒佐欢，由她自在地睡午觉，且不许任何人，包括他自己，去吵醒她。接下去词的十个字形容美貌如仙的恋人的睡态："抛枕翠云光，绣衣闻异香。"纯以景物状人，然而其人如见。一头乌云翠玉似的头发，抛散、横拖在枕上。"抛"做动词，把滑腻流动的乌发写活了。再以"光"字做形容，把头发的光泽写尽了。再说身上的绣衣。女子在床偶一翻动，衣服上就散放着香气。这香恐非凡人所有，而是仙女身上的奇香、幽香。两句不曾正面写人物，但把人物的发和衣写得精美绝伦。其魅人处在发的光泽、衣的香气，正是恋人眼中的人物形象。

这首词的结构和前首（花明月暗笼轻雾）的结构相似。上阕是完整的两段：一段写美人昼寝，一段写美人睡态。两个画面，一个人物。下阕也是完整的两段，一段写惊梦，一段写相看，重在两人恋情。"潜来珠琐动，惊觉银屏梦。"男子不肯摆主人的架子，他悄悄地推门而入，不料门上搭扣，缀有珠石，即使小心握动，也难免不弄出细碎的声音。那美人本来就等待着他，睡得并不实在。所以银屏人被惊醒了。"脸慢笑盈盈，相看无限情。"银屏人睁眼见了意中人，如花的容颜绽开了花朵样的笑。她的脸那么美，她的笑那么甜。两个人四目相看，含情无限，还须要开口说话吗？这样爱情生活中的动人场景，难为后主将这幸福的一瞬抓拍得好，描画得神似与真切。怪不得王国维在《人间词话》中赞道："温飞卿之词，句秀也。韦端己之词，骨秀也。李重光之词，神秀也。"

单凭词人的才力，也难写出这样的好词；必须如李煜，以自己的爱情生活的真实感受做创作的源泉，才能涌出如此的神品。

【辑评】

唐圭璋《李后主评传》："脸慢笑盈盈，相看无限情"（《菩萨蛮》）；"眼色暗相钩，秋波横欲流"（《菩萨蛮》）；"奴为出来难，教郎恣意怜"（《菩萨蛮》），所写也都缱绻缠绵，婉约多情。

菩萨蛮

铜簧韵脆锵寒竹①，新声慢奏移纤玉②。眼色暗相钩③，秋波横欲流④。　　雨云深绣户⑤，未便谐衷素⑥。宴罢又成空，魂迷春梦中。

【注释】

①铜簧：乐器中的薄叶，用铜片制成。吹时发声。《诗·小雅·鹿鸣》："吹笙鼓簧。"脆（cuì）：音响清越。锵（qiāng）：锵然，锵锵，象声词。一解玉声：《礼·玉藻》："然后玉锵鸣也。"二解鸾铃声：《诗·大雅·烝民》："八鸾锵锵。"三解凤鸣声：《左传·庄二十二年》："和鸣锵锵。"锵锵：金属乐器声。《风俗通·声音》："汉兴，制氏世掌大乐，颇能纪其铿锵而不能说其义。"寒竹：代指箫笙笛等一类竹制管乐器。锵寒竹：竹制管乐器发出锵然的声音。

②新声：新制的乐曲，新颖的乐曲。晋陶潜《诸人共游周家墓柏

下》诗：“清歌散新声，绿酒开芳颜。”纤玉：代指美人的手指，纤细白嫩。贯休《行路难》诗："素绠银瓶濯纤玉"。移纤玉：代指美人移动手指，吹奏乐曲。

③眼色：以目示意传情。钩：同勾，勾搭，招引。

④秋波：美人之目如澄清秋水。这里代指双目。朱德润《对镜写真》诗："两两秋波随彩笔。"苏轼《百步洪》："佳人未肯回秋波。"王实甫《西厢记·惊艳》："怎当他临去秋波那一转。"

⑤雨云：即云雨。宋玉《高唐赋》述楚王游高唐，梦神女荐枕。临去致辞曰："旦为行云，暮为行雨。"后世因称男女欢合为"云雨"。绣户：贵妇闺房门户之美称。

⑥谐：合。衷素：内心的真情，素，同愫。

【讲解】

李煜写男女恋情，千姿百态。前首摄取笑脸相看的一瞥，未涉淫靡。此首写出好事成空的结局，不失高雅。由于他的恋情词有逼真的情景，美丽的形象，深沉的心态描写等独特之处，所以高出《花间》，洵为上品。

男主人公筵席前对一位吹笙（笛）的女子一见钟情。这一缕发自内心的爱慕是由音乐引起的。"铜簧韵脆锵寒竹，新声慢奏移纤玉。"女子吹的笙（笛）清脆悦耳，新声缓拍，触动心弦，撩人情思。"慢奏"，"慢"字可以有两种解释：一作"缓"解，曲子缓慢抒情。一作同"曼"，曲子奏来可听。那男子被曲音撩拨，不由得把目光移到依谱按动的纤纤玉指上。再进一步，像闪电一般，"眼色暗相钩，秋波横欲流。"男与女四目相对。这女子的眼睛会说话，会勾人，会言情，一泓秋水盈盈，把男子的灵魂都吸摄去了。男子不知身在何处，听不见耳边荡漾的乐声，他一个人陷入绮思春梦中去。"雨云深绣户，未便谐衷素"，一时间，他忍不住起了欢会的冲动，恨不得把热闹的筵席场面幻成深深的绣户，去藏娇，去独对。但是马上清醒过来，"未便"如此。对这位由音乐送来的美人和经音乐洗涤的恋情，怎能以占有情态来玷污她，应该先要求互相理解、互通情愫才是。才想到这里，筵席一散，彩云已去，"宴罢又成空，魂迷春梦中。"那男子迷呆呆地怔在那里，想念着那没能到手的美人，那勾人魂魄的眼神，那按奏乐曲的纤纤玉手……他感到这一场春梦无比甜美，从而得到了精神上的享受。

这首词没有故事，没有行动；也没有放纵与沉酣。专写一个男子的曲折心理；流露恋情升起后的一种失落，一丝惆怅。后主拿起词笔，挥洒自如，把男女恋情的主题看得广大无边，包罗万象。他自己率意或摘取一个侧面，一个片段，或写两人，或写一人，或女子的手指、头发、眼神、笑容、睡态、心境，写成小词，不落窠臼。虽有艳语，不失品格。李煜前期词之所以耐看，或者正因如此吧。

【辑评】

一、明卓人月《古今词统》卷五：徐士俊云"后主词率意都妙。即如'衰素'二字，出他人口便村。"

二、明沈际飞《草堂诗馀续集》卷上：精切。后叠弱，可移赠妓。

三、俞陛云《唐五代两宋词选释》：《古今词话》云"词为继立周后作也。"幽情丽句，固为侧艳之词。赖次首末句以迷梦结之，尚未违贞则。

喜迁莺

晓月坠①，宿云微②，无语枕凭欹③。梦回芳草思依依④，天远雁声稀⑤。　啼莺散⑥，馀花乱⑦，寂寞画堂深院⑧。片红休扫尽从伊⑨，留待舞人归。

【注释】

①晓月：拂晓的残月。坠：另本作"堕"。

②宿云：昨夜的堆云。

③凭：靠。另本作"频"。欹（qī）：通"倚"，斜靠。杜甫《重题郑氏东亭》诗："崩石欹山树，清涟曳水衣。"

④芳草：香草。诗人比兴，或以香草为美德；或咏芳草言别意。这里指所怀念的人。牛峤《生查子》词："记得绿罗裙，处处怜芳草。"晏几道《泛清波》词："楚王渺，归思正如乱云，短梦未成芳草。"

⑤雁声稀：相传雁能传书。这里指音信难凭。

⑥啼莺：莺的叫声清脆。金昌绪《春怨》："打起黄莺儿，莫教枝上啼。"这句是说，鸟散声歇。

⑦馀花：春后的花。谢朓《游东田》诗："鱼戏新荷动，鸟散馀花落。"

⑧画堂：彩画装饰的厅堂。

⑨尽从伊：尽管由她去。尽管随她去。

【讲解】

这首小词写梦回之后的怀想。缠绵悱恻，一往情深。首先应该确定，其中说的是男对女的怀想还是女对男的怀想。词的末句是："留待舞人归"，这不归而入梦的"舞人"自然是女性。那么，怀想她的必是男性无疑的了。其次，不知这首词有无纪实。俞陛云《唐五代两宋词选释》因词的内容是春晚花飞，宫人零落，所以把它断为后主失国后的作品，我看也未必然。后主失国后作词，固然更多地梦回，写春恨，但言词决绝，沉哀入骨；不像这首词抑郁而不悲愤，惆怅而未痛绝。一定要使这首词结合后主的生活本事，也许是他在怀念曾经恩爱、如今死别的昭惠周后吧！

全篇写梦回。上阕写梦回初醒的光景："晓月坠，宿云微，无语枕凭欹。"好梦醒来，天快要亮了。天上的月，一如梦中的光彩，已经沉落。昨夜的云，连同梦里的蒙眬，已渐散开，梦中人和梦都逝去了，只剩自己在枕头上，左靠不是，右倚不是，无人可说，无话可说，"梦回芳草思依依，人远雁声稀。""梦回"点题，照一般作词方法，往往在词端渲染铺垫，于三、四句下，直书题旨。"芳草"是诗词中常见的美丽的代名词，通常是用来赞美恋情和友谊，象征别意和生意。这里代指所怀的远人，即梦中人，"芳草依依"倒装，即"依依思芳草"。"依依"又是诗词中最美的叠字形容词，通常用来形容柳条、别情。这里形容"思"，指的就是依恋难舍的别情。没有明说梦中人是谁，但说清楚的是梦回之后对梦中人眷恋尤切、思念更深。下面承接一句："人远雁声稀"，不是寻常景语，而是至情恋语，写的是"渺渺兮予怀"，写的是梦回人杳的失落感与空虚感。

下阕写绮梦难忘的心境。这时环境已从寝室移到画堂和深院："啼莺散，余花乱，寂寞画堂深院。"外面的现实景物给他更大的刺激。内心的孤寂、惆怅和外面的鸟啼花落形成尖锐的矛盾和对比：曾经惊残绮梦的啼莺，纷飞辞树；春末夏初的馀花，乱红一片，自然界恼人的纷乱袭入幽闭的心田，使人格外寂寞，更加留恋梦里的温馨。偶然间，产生一念："片红休扫尽从伊，留待舞人归。"这个想法，又凄婉，又甜蜜：一来断肠红雨，永别佳人，人花共运，凄艳绝伦。二来梦回还可入梦，舞人还可归来。梦境即是人境，苦涩也有香甜，李煜的词，深美入境如此。

李煜凭藉他阅世浅，性情真，能以明朗的艺术语言，生动的艺术形象，制造出如此的抒情小品，真不愧为历史上著名的艺术大师。

【辑评】

俞陛云《唐五代两宋词选释》：此二词（指此首及《采桑子》"庭前春逐红英尽"），殆亦失国后所作。春晚花飞，宫人零落，芳讯则但祈入梦，落红则留待归人，皆描写无聊之思。《采桑子》词之"眉头不放暂开"，殆受归朝后禁令之严，微有怨词耶？

采桑子①

庭前春逐红英尽②，舞态徘徊。细雨霏微③，不放双眉时暂开。　　绿窗冷静芳音断④，香印成灰⑤，可奈情怀⑥，欲睡朦胧入梦来。

【注释】

①采桑子：《全唐诗》原名《采桑》，为唐教坊大曲。又名《杨下采桑》。至冯正中词，则名《罗敷媚歌》。后主用此调名《采桑子》，又名《丑奴儿令》。宋词沿此二名。

②红英：指红色花朵。

③霏微：霏，雨雪密下貌。霏微，叠韵形容词。这里表示细雨纷下。《诗·小雅·采薇》："雨雪霏霏。"唐李端《巫山高》："回合云藏日，霏微雨带风。"

④绿窗：绿纱窗。泛指女子闺阁。唐李绅《莺莺歌》："绿窗娇女字莺莺，金雀娅鬟年十七。"韦庄《菩萨蛮》："劝我早归家，绿窗人似花。"芳音：佳讯。

⑤香印：即印香。唐宗时人，点香计时。以香料捣成末，调匀后洒在铜制印盘内。一般制成篆文"心"字形状，点其一端，依香上的篆形印记，烧尽计时。唐白居易《酬梦得见戏长斋》诗："香印朝烟细，纱灯夕焰明。"王建《香印》："闲坐印香烧，满户松柏气。"冯延巳《鹊踏枝》："香印成灰，起坐浑无绪。"宋蒋捷《一剪梅》："心字香烧。"清纳兰容若《梦江南》词："心字已成灰。"李清照《满庭芳》："篆香烧尽，日影下帘钩。"

⑥可奈：怎奈。情怀：心情。唐杜甫《北征》诗："老夫情怀恶，呕泄卧数日。"

【讲解】

俞陛云《唐五代两宋词选释》把这首词和前首《喜迁莺》并在一起，都判为后主失国后所作。尤其因本首有句："不放双眉时暂开。"他凭这样一句词，便做了如下的猜测："《采桑子》词之'眉头不放暂开'，殆受归朝后禁令之严，微有怨词耶？"这个判语实不敢苟同。后主前期，虽然日日笙歌，耽于安乐，难道不能偶借妇女口吻，写别梦幽怀么？后主的词，虽因情真意切，令人倾倒，恐怕也不必篇篇有本事。词有一个传统，就是以闺怨为题，比兴寄托；后主为词，又有一个特点，就是真实为主，从不隐晦藏锋。看他失国后诸作，哀痛决绝，无多顾忌，终致招来杀身之祸，亡国之君，未必还有满腔幽怨、无奈情怀，如本首这样的词。我们还是就词论词，重在自己感受的为是。

本首上阕写伤春，下阕写怀人。

"庭前春逐红英尽，舞态徘徊。"庭院中红艳艳的花朵凋落殆尽了。在词人眼里，春，人格化了。挟着风雨，悍然把花朵驱扫一空。花，也人格化了，凭着弱质红颜，风流体态，仍自舞向人间，徘徊留连，不忍相别。这时，"细雨霏微"，又来相逼了。花朵垂下舞袖，奄奄坠地。目睹暮春葬送春红的悲剧，能够不是"不放双眉时暂开"么？词人主观想舒展愁眉，强颜欢笑，但是残酷的现实交相凌侵，这双眉如何能放开一时呢！"绿窗冷静芳音断，香印成灰。"闺中人再不敢接触大自然了，她躲进深闺，枯坐窗下，但这里又静得可怕，怀人的心情格外加深。假如有个佳音、喜讯也好，偏又消息全无。耐到篆字印香烧成寸寸灰烬，连原来燃烧着的心也渐渐灰冷了。但是怀人之思、待来之念又怎能发付？"可奈情怀，欲睡朦胧入梦来。"入睡的时候，心情更加痛苦了。也许能做一个希望的梦；还是一个失望的梦；还将是连梦也做不成的不眠之夜呢！

这首词描述一个伤春、怀人的女子，以及她那些真实感受和心态。写得是深浅有致，精细入微，风情无限，词语浑成。室外的风雨落花，室内的成灰香印，女主人公就是风雨落花，就是成灰香印。人和物，浑成一片。后主确实是个纯情的诗人，小词确实是个纯情的诗体。

【辑评】

清陈廷焯《词则·别调集》卷一：幽怨。

长相思①

云一緺②，玉一梭③，澹澹衫儿薄薄罗④，轻颦双黛螺⑤。　　秋风多，雨相和，帘外芭蕉三两窠⑥，夜长人奈何。

【注释】

①《长相思》：被南宋曾慥编《乐府雅词》收入，名《长相思令》。以为孙霄之作。又一本旁注："一作李后主词。"王国维《南唐二主词》，断为李煜作品。

②云：指头发。緺（依古音 wō）：女子的一束头发，是盘结发髻的量词。这里比喻鬓发如云。

③玉一梭：指美人发髻所佩梭形玉簪。

④澹澹：同淡淡，指衣裳的色调清淡。罗：指罗裙。

⑤颦（pín）：皱眉头。黛螺：即螺黛。六朝晚期妇女涂眉的颜料。《隋遗录》："（隋炀帝）殿脚女争效为长蛾眉。司宫吏日给螺子黛五斛，

号为蛾绿。螺子黛出波斯国。"词作中多借指眉毛。欧阳修《阮郎归》："浅螺黛，淡胭脂，闲妆取次宜。"又词作中也往往以"黛"字为眉。欧阳修《玉楼春》："春山敛黛低歌扇。"

⑥窠：通棵。植物一株即一棵。

【讲解】

这是一个成熟的艺术家所特有的自然浑成风格的体现。一面朴素、真切，不加修饰；同时神奇超逸，纯任性灵，达到诗歌艺术的胜境。

上阕以一幅有色彩、有光感的图像开始。"云一绸，玉一梭，澹澹衫儿薄薄罗"，看，这位美人给勾勒得多么光彩照人。因重在形容，形容词置于量词、名词之前，"云"是形容发髻之词，秀髻如云。玉是形容头饰之词，梭簪如玉。发与簪的特写。衬托与暗示美人容颜的天然姣好。"澹澹"形容衫儿，颜色雅淡不俗。"薄薄"形容罗裙质地纱绸之属。这样的发妆与服饰，是后主内宫的时尚。据稗史记载，后主所宠爱的周后，曾经创制"高髻纤裳"的时妆，后主的淡墨之笔，长短之句，促节步韵，活现了那美人轻盈的体态、缥缈的丰姿，尽脱脂粉，不落凡尘。只在末句，点睛注情："轻颦双黛螺。"美人的双眉微颦，这一点睛，美人的图像活了。原来至美、真善莫过于心灵的美。原来这位美人是个性情中人，她有一段不欲明言的幽怨。我们有同样好的诗，就是唐诗人李白的《怨情》："美人卷珠帘，深坐颦蛾眉。但见泪痕湿，不知心恨谁。"含蓄飘逸，极具风神。所以说，这首词，颇有唐人韵味。如此言情，沁人心脾。

下阕借秋景写美人心境，是上阕"颦眉"的延续。"秋风多，雨相和，帘外芭蕉三两窠。"在含怨的美人心里，秋风"多"了；与风相和的秋雨同样"多"了；甚至垂下帘子，那和风带雨打在芭蕉叶上的沙沙擦擦声、滴滴答答声，也令人不得不埋怨芭蕉的三两棵数目也太"多"了。含怨的美人故意掩饰"轻颦"的真实原因，把埋怨倾注在过多的秋风秋雨和风雨相侵的芭蕉上，真是艺术手笔。要知道愈是把极大的幽怨出之轻描淡写，那幽怨就在读者的想象中愈显沉重与深刻。美人直到最后，才坦直长叹："夜长人奈何！"这时，小词已尽，话也咽住，美人何事幽怨，词人暗示什么，一并留给读者去想象、琢磨、体会。蕴藉与含蓄，不言之美与言外之美，向来是中国古典诗词中艺术之宝。如这首词的刻画清晰，韵味醇厚，便能使读者心醉神怡，本不需要哓哓不休的。

【辑评】

一、明沈际飞《草堂诗馀续集》卷上："多"字"和"字妙。"三两窠"亦嫌其多也。

二、明卓人月《古今词统》卷三：徐士俊云"云一缅、玉一梭"缘饰尤佳。

三、清陈廷焯《云韶集》卷一：字字绮丽，结五字婉曲。

四、清陈廷焯《词则·闲情集》卷一：情词凄婉。

五、唐圭璋《李后主评传》：叠写出美人的颜色、服饰、轻盈袅娜，正是一个"梨花一枝春带雨"的美人，而后叠拿风雨的环境，衬出人的心情，浓淡相间、深刻无匹。

柳枝^①

风情渐老见春羞^②，到处芳魂感旧游^③。多谢长条似相识，强垂烟穗拂人头^④。

【注释】

①柳枝：原为民间歌谣，名《折杨柳》。乐府瑟调曲有《折杨柳行》。横吹有《折杨柳歌辞》。清商曲辞有《月节折杨柳歌》。唐白居易居洛邑，翻制六朝之《折杨柳歌辞》得十二首，与刘禹锡唱和。白诗曰："古歌旧曲君休听，听取新翻杨柳枝。"刘诗曰："请君莫奏前朝曲，听唱新翻杨柳枝。"新声传入教坊，声情轻隽，与《竹枝》大同小异，与七绝微有区分，共二十八字，诗名《杨柳枝》；词名《柳枝》。五代时大盛，有咏柳者，多见新意：如唐贺知章《杨柳枝》有句："不知细叶谁裁出，二月春风似剪刀。"如杜牧咏柳不言杨柳二字："巫娥庙里低含雨，朱玉堂前斜带风。"有不必咏柳者，诗史诗物，比讽隐含，如温飞卿《柳枝》："合欢桃核终堪恨，里许元来别有人。"无不各尽其妙。宋张邦

基《墨庄漫录》卷二："江南李后主尝于黄罗扇上书赐宫人庆奴：'风情渐老见春羞（余词略）'。庆奴，南唐一宫人小字。后主诗，实柳枝词也。"

②风情：风月之情，男女相爱之情。柳永《雨霖铃》："便纵有千种风情，待与何人说。"

③芳魂：美人的魂魄。龚自珍《瑶台第一层》词："顿芳魂入梦，梦里说，别有仙乡。""芳魂"，《邵氏闻见后录》、《墨庄漫录》均作"消魂"，似更妥。

④烟穗：植物的花实，结聚在茎端的叫"穗"。烟穗，柳穗被烟笼罩，形容穗状柳条茂密如烟。

【讲解】

李后主于一次春日宴游之际，偶然注意到了他曾经垂青的宫人庆奴。这时的庆奴，年华老去，已不再列入歌舞班头、随王伴驾了。后主窥出她的自卑心理，不禁起了怜念之情。便拿过一把黄罗扇儿，在扇面上为庆奴写了这一首《柳枝》。唐五代而下，名家所制《柳枝》，何止千万。莫不寄情婉约，构思新巧。此首自然同样精妙。况且同时，它透露了后主的一颗赤子之心。对于年老色衰的宫人，表现出普通人所有的仁厚与体贴，本词的特殊价值，乃在于此。根据史书和笔记，这"生于深宫之内，长于妇人之手"的后主，拥有自己的歌舞、教坊，以及随侍左右的许多宫娥，如黄保仪、流珠、宜爱、窅娘等，庆奴亦在其内。后主与宫娥们，产生了真正的感情。破国之际，他吟词曰："最是仓皇辞庙日，教坊犹唱别离歌，挥泪对宫娥。"（《破阵子》）入宋之初，《南唐拾遗记》云："（后主）忽忽不乐，常与金陵旧宫人书词，甚悲惋。"去世以后，《南唐拾遗记》云："凶问至江南，父老多有巷哭者。"可见后主与淫乐的隋炀帝，还不能一概而论。和其他亡国之君相比，他更像个有仁义、讲人情的倒运的士大夫。现在且欣赏这首小词吧。

"风情渐老见春羞，到处芳魂感旧游。"这是后主对庆奴体察入微，了解她的感怀，替她抒写的。随侍君王的宫女，无不有千种风情，百样娇态，庆奴自不必说，但是年年欢笑，步步春朝，一旦老去红颜，再到旧游场她，不免拘束自惭，颇多感触。"见春羞"三字，道尽庆奴的心事。我们也为后主的观察精密和体贴入微所感动。若没有他对庆奴的真切爱怜，他就编不出"见春羞"这样的新警字词。"芳魂"二字，在今日可释作"心态"。庆奴在宴游中自然不言不笑，但她的心魂难免不再现一场当年歌舞言笑的音容，从而暗自伤感。

后主在后半《柳枝》表现更加深美的构思。他对庆奴不仅理解，而且准备给她安慰。"多谢长条似相识，强垂烟穗拂人头"。年华虽是无情，但宫中的垂柳，旧时的主人对你是多情的，和旧时何尝两样？庆奴见春"自羞"，但春时对庆奴仍自眷恋。当庆奴在柳条中穿过，那飘扬的柳条仿佛还记得她。低下长穗，轻拂她的头向她打招呼，仿佛代替春天抚摸着她的一颗伤残的心。后主用扇中诗告诉她：人间红颜难驻，不要伤感。你仍在我心上，何必自惭！庆奴懂得主人的心意，一定格外宝爱这扇和诗，一定会感到几许欣慰的。

【辑评】

一、宋张邦基《墨庄漫录》卷二：江南李后主曾于黄罗扇上书赐宫人庆奴云："风情渐老见春羞（下略）。"想见其风流也。扇至今传在贵人家。

二、明顾起元《客座赘语》卷四："见春羞"三字，新而警。

渔父一①

浪花有意千重雪②，桃李无言一队春③。一壶酒，一竿身④，世上如侬有几人。⑤

【注释】

①《渔父》：唐玄真子张志和制《渔父》（又名《渔歌子》）五阕。其一云："西塞山前白鹭飞，桃花流水鳜鱼肥。青箬笠，绿蓑衣，斜风细雨不须归。"风流千古。其时柳宗元、颜真卿等均有和章。宋苏轼以其成句用入《鹧鸪天》《浣溪沙》词中。黄庭坚称张志和《渔父》"有远韵"。宋阮阅《诗话总龟》前集卷二曰："予尝于富商高氏家观贤（指南唐卫贤）画《盘车水磨图》及故大丞相文懿张公（指仁宗朝宰相张士逊）第有《春江钓叟图》。上有南唐李煜金索书（一种书体）《渔父词》

二首"其一曰:"浪花有意千重雪。"其二曰:"一棹春风一叶舟。"宋刘道醇《五代名画补遗》:"卫贤,长安人,仕南唐为内供奉。……长于楼观殿宇,盘车水磨,于时见称。"此《渔父》二阕,《翰府名谈》、《花草粹编》、《全唐诗》、《历代诗馀》等均作后主作。

②千重雪:形容层叠的白色浪花。宋苏轼《念奴娇》词:"乱石穿空,惊涛拍岸,卷起千堆雪。"即由本词句脱化而来。

③桃李无言:《史记·李将军传赞》:谚曰"'桃李不言,下自成蹊'。此言虽小可以喻大。"意思是桃李树不需人夸或自赞,以其花美艳,其实甘美,众人争赴之,树下自然走出一条路来。

④一竿身:一根钓竿。另本作"一竿纶"亦通。"纶"是钓鱼的粗线。

⑤世上,一本作"快活",似不如"世上"。侬:我。

【讲解】

两首《渔父》(本首及下首)都是李煜题画词。它们当初都是写在作为内供奉的名画家卫贤所绘的《春江钓叟图》上面的。《全唐诗》、《历代诗馀》和《宣和画谱》、《近代名画补遗》都如此说。卫贤的画、李煜的词,互相彰显,毋庸置疑。虽然王国维心里还有点疑惑。他说两首词"笔意凡近,疑非李后主作",但仍旧把它们辑录在后主集中。李煜以题钓叟图为因,有意取调《渔父》,模拟民歌,有何不可? 怎能责之"凡近"? 倒是两词自然清逸,别有远韵,显示了后主词中少见的另种风格。

曲调与内容贴合,这是本词第一妙处。前二句对仗工整自然。词中有画,词中有情,是本词第二妙处。"浪花有意千重雪,桃李无言一队春。"后主从名画中摄取神髓,用词绘出一幅明畅绚丽的意境,是景语,当又是情语。以谚语"桃李无言"对"浪花有意",不取谚语所喻,只为将景物拟人化,作成佳对,衬托渔父。这开端二句,已是直接到题,写的是渔父形象,不能只当作景的烘托和物的陪衬。这画中主人渔父,趁春江水涨,驾一叶小舟,随水顺风而下。好风推舟行进,轻舟分浪飞驶,浪花迎面,溅起点点白雪。渔父开怀,浪花有意。船行驶中,两岸桃李红白,列队相随,花树多情,渔父恬畅,这两句词,是渔父行船的活泼特写。下面,后主以点睛之笔正写渔父之淡泊潇洒,这是本词第三妙处。两个三字句,写好极难。须自然有力,拼凑或增减一字不得。"一壶酒"写出渔父的精神状态,比"青箬笠、

052

名家汇释汇评本

绿蓑衣"（张志和词句）的描写有形似和神似之别，难道可以说这里写的"凡近"么？"一竿身"说明渔父的职业和身份。说"一壶酒"也许指别的人，但跟上"一竿身"，肯定是渔父无疑了。末句突现高峰："世上如侬有几人。""侬"当"我"讲。这句话是渔父自述。在尘世上，像我这样快活的人，怕不多吧！这一钓叟，无风波之险，有自然之怡。在自己的糊口的职业中找到乐趣。他摆脱世俗羁绊，避开名利枷锁，自在逍遥。谁人不羡。另一版本，"世上"改作"快活"，我以为"世上"更好，"快活"不必明说，点出"世上"，正可以小见大，后主于此寄托心意。后主天性仁厚真挚，不幸生在皇室，再无亲情可言。他亲见王位的争夺，亲族的谗嫉，他的覃思典籍一半为了逃避人祸。而在这首小词中，竟流露他对自由、乐天的劳动者的艳羡，以及他遁世的心怀。所以说，这首词从思想到艺术，还应该算是后主词的遗宝之一。

渔父二

　　一棹春风一叶舟①，一纶茧缕一轻钩②。花满渚③，酒满瓯④，万顷波中得自由⑤。

【注释】

①棹（zhào）：划船的工具。短的叫楫，长的叫棹。

②纶（lún）：钓鱼用的粗丝线。丝十为纶，纶十为绺（liǔ）。茧（jiǎn）缕：即丝线。这里以"茧"代"丝"。

③渚（zhǔ）：小洲。江、河水中的小块陆地。

④瓯（ōu），古代茶酒饮器，平底深盂或碗。

⑤顷：土地面积单位。一百亩为一顷。

【讲解】

　　两首《渔父》词是后主为卫贤的《春江钓叟图》一并题写的。这首是上首的延续和补充。两首都是画卷的贴切品题，绝妙时曲。

首二句不再是联对，而是排句。仍以白描手法写春江行船，渔父垂钓。作者用了四个重叠的数词"一"，和三个形象的量词。"一棹春风一叶舟"，自然隽秀。"春风"看不见，摸不着，正宜一个"一棹"具体物件来形容它。那渔父举棹轻驶江面，一棹下去，春风扑面迎来。两旁的秀美景色，渔父的轻松感觉，仿佛都袭入读者的观感，给读者以无穷的美的感受。"舟"是实物，用另一个截然不同的实物"叶"来形容，仿佛小船飘落在一望无际的江面上。船虽渺小，背景广阔，加上春风吹拂，景色宜人，可以想见渔父多么怡然自适。下句"一纶茧缕一轻钩"则是实写，一如前首的"一竿身"。"轻"形容钩，极平凡，比起前面以三个实物一棹叶、纶，作量词来形容，逊色多了。

　　过片两个三字句仍是排句，不是联对。重复"满"字，连同上阕四个"一"字，都是民歌写法，唱起来格外动听悦耳。"花满渚"，江上小块洲渚开满春天的花朵，与上阕首句呼应。"酒满瓯"，渔父把酒斟满，准备钓上鱼来，在略事休息的时候，美美地喝上一大碗。前首末句"世上如侬有几人"，是渔父自己说的话。这首末句"万顷波中得自由"该是作者对渔父的赞叹。都表露了作者对渔父的艳羡。渔父比后主快活轻松不说，还在这万顷水天中，春天的怀抱里，暂时赢得人间难得的知足与自由。他是劳动生活的主人，天地与大自然的主人。他脱离了尘嚣的纷扰，感到万物皆备于我。在精神上他是富有的，自在的，这正是住在皇宫内院的李煜所向往的自由啊！

　　因此，词虽短小，看似平凡，其实余音悠远，令人深思。这种词境，切不可等闲放过。

【辑评】

　　一、宋俞成《萤雪丛说》卷上：杜诗："丹霞一缕轻"，李后主《渔父》词："茧缕一钩轻"（按，与原句不符），胡少汲诗："隋堤烟雨一帆轻。"至若骚人于渔父则曰："一蓑烟雨。"于农夫则曰："一犁春雨。"于舟子则曰："一篙春水。"皆曲尽形容之妙也。

　　二、王国维《南唐二主词》：右二阕见《全唐诗》、《历代诗馀》，笔意凡近，疑非李后主作也。彭文勤《五代史》注引《翰府名谈》：张文懿家有《春江钓叟图》，卫贤画，上有李后主《渔父词》二首云云，此即《全唐诗》、《历代诗馀》之所本。但字句小有不同，兹从《五代史》注引改正。

谢新恩^①

　　秦楼不见吹箫女^②，空馀上苑风光^③。粉英含蕊自低昂^④。东风恼我，才发一衿香^⑤。　　琼窗梦□留残日^⑥，当年得恨何长，碧阑干外映垂杨，暂时相见，如梦懒思量。

【注释】

　　①《谢新恩》：即《临江仙》。双调，五十四字。上、下片各五句，二、三、五句平韵。常见的有三体：一是六十字（七、六、七、五、五，下片同），如苏轼词（夜饮东坡醒复醉）。一是五十八字（七、六、七、四、五，下片同），上、下片第四句较苏轼词少一字。如李煜词（樱桃落尽春归去）。还有一体也是五十八字（六、六、七、五、五，下片同），上、下片起句较苏轼词少一字，如晏几道词（梦后楼台高锁）。李煜除此处《谢新恩》若干首外，另有一首调名《临江仙》（樱桃落尽春归去）。调名虽异，平仄、句、韵均同。《谢新恩》六首原出孟郡王家墨迹。孟郡王，名忠厚，字仁仲，宋哲宗赵煦后、隆裕太后之兄。纸幅断烂，录者仅依，错讹脱误不全。如第一首仅"金窗力困起还慵"七字。《花草粹编》、《历代诗馀》、《词谱》断为第七首（庭空客散人归后）下片缺落的第三句。又如第六首（冉冉秋光留不住）不类《临江仙》。又不似他调，且不分前后叠，显有脱误。则所谓《谢新恩》六首者实则四首。四首中较完整者仅两首，此其一。

　　②秦楼：又名凤楼。据汉刘向《列仙传》：秦穆公时，萧史善吹箫，穆公女弄玉爱其箫声。穆王就把女儿嫁给萧史，为筑秦楼，或名凤楼。弄玉从萧史学吹箫，箫声清亮，有凤来集，夫妻一日乘凤飞去，从此凤去楼空。

　　③上苑：供古代帝王游赏打猎的园林。

④粉英含蕊：泛指花卉。低昂：高下，开合。

⑤一衿：衿同襟。衣上代替纽扣的带子。一衿香，以人的实感形容香的程度。又如"一衿风"等。

⑥琼窗：琼，美玉，琼窗，窗的美称，指精致华美的窗子。"琼窗"句一作"琼窗梦留残日"，恐非是，上片起句七字，下片起句也应当是七字。

【讲解】

后主《谢新恩》六首，出自孟忠厚郡王府所藏墨迹。纸幅断烂，残缺不完，不为后人重视。但这一首除缺一字，尚称完整可读。王国维《校勘记》曰："此首实系《临江仙》也。"是的，它和后主另一首调名《临江仙》者（樱桃落尽春归去），句、韵、平仄无不尽同。人称《临江仙》李煜体。

这是一首思念女人的词。上片直抒失去恋人的悲痛："秦楼不见吹箫女，空馀上苑风光。"世人竞相歌颂弄玉与箫史的美丽传说。他们鸾凤和鸣于秦楼，化凤翱翔于天外，词中男女主人公原以弄玉与箫史自居。不料遽生变异，"不见"了"吹箫女"，剩下男主人公一人，形单影只，凤去楼空。清欢导致沉哀，幸福转成不幸。宫廷上苑，原来歌舞正酣，风光旖旎，一旦失去中心人物，立便黯然失色，都成空幻。下面深一层写词人失去所欢的精神状态："粉英含蕊自低昂，东风恼我，才发一衿香。"过去把所欢比作春花，相信春华常驻。现实使他痛悟，花自含蕊，花自飘零，这是无情的自然规律，过去将人比花，实在是痴，如今失去所欢，断难再合。冷漠的季节更移，且对我无故着恼，只遗给我一衿香气，一时的迷醉和生机，然后就和我两不相干了。后主失去所欢，对照春日繁华，宫廷嬉乐，心情格外沉重。

有人认为此词是后主哀悼昭惠后娥皇之作。不妨如此猜想和解释。后主十八岁与周宗之女娥皇结缡。二人感情甚笃。婚后十年，周后病逝。后主悲哀逾恒，甚至自称鳏夫，亲撰诔文："哀苦骨立，杖而后起。"他有一首挽诗道："艳质同芳树，浮危道略同，已悲春落实，又苦雨傍丛。秾丽今何在？飘零事已空。沉沉无问处，千载谢东风。"诗虽平常，却可做这首词的诠释。他在诗中移恨芬芳，谢绝春时，不正是本词题旨么！

过片抚新怀旧，更有一层新意。"琼窗梦□留残日，当年得恨何长。"首句有了缺字，无法置评。但"琼窗"、"残日"，一如上片，华美环境与悲凉心境形成对照。次句"恨"字是词眼，总括上片，意思正如白居易的诗句：

"天长地久有时尽，此恨绵绵无绝期"（《长恨歌》）的生死诀别。下面忽出一新境："碧栏干外映垂杨。"眼前景物一亮，春风杨柳，摇曳多姿，生意盎然，令人心喜。但马上心情沉落："暂时相见，如梦懒思量。"想起飞仙的"吹箫女"，不过只能在梦中相见，作暂时相见，再不要为短暂的喜悦和虚幻的希望费尽心思了，末句表现出万念俱灰的心念。

后主写词，向来不因袭，不做作。小词几层感受，出自肺腑。所用艺术手法，因题而生。正如王国维在《人间词话》中说的："大家之作，其言情也，必沁人心脾。其写景也，必豁人耳目，其辞脱口而出，无矫柔妆束之态，以其所见者真，所知者深也。"

谢新恩①

　　樱花落尽阶前月②，象床愁倚薰笼③。远似去年今日恨还同。　　双鬟不整云憔悴④，泪沾红抹胸⑤。何处相思苦，纱窗醉梦中⑥。

【注释】

①此阕是《谢新恩》第三首。但缺字、句太多，无法认作是《谢新恩》或《临江仙》。上、下片各缺一七字句。且格律不一致，上片第二句六字，下片第二句五字；上片第三句为四、五；下片第三句为五、五，难属一调，难成一篇。然而内容明晰，词句可取。

②樱花：落叶乔木。春日开花，色红白，甚美，花后结实如小球。李商隐《无题》诗："何处哀筝随急管，樱花永巷垂阳岸。"

③象床：一种贵重的床，以象牙为饰，又叫牙床，温庭筠《过五丈原》："象床宝帐无言语。"薰笼：同熏笼。一种覆盖于火炉上供熏香、烘物、取暖用的闺中器物。《东宫旧事》："太子纳妃，有漆画熏笼二，大被熏笼三，衣熏笼三。"唐王昌龄《长信秋词》："熏笼玉枕无颜色，卧听南宫清漏长。"白居易《宫词》："红颜未老恩先断，斜倚熏笼坐到明。"

④双鬟：古代年轻女子的两个环形发髻。唐白居易《续古诗》："窈

窈双鬟女，容德俱如玉。"云憔悴：此处以"憔悴"形容没有润油的头发。李清照《永遇乐》词："如今憔悴，风鬟雾鬓。"

⑤抹胸：胸前小衣，又名"金河子"。有前片无后片。上可覆乳，下可遮肚。俗称兜肚或肚兜。

⑥醉：另本作"睡"。疑是。

【讲解】

各种文体中思妇念远的题材，从古至今，从民间到上层社会，长盛不衰。摇笔文人，往往借描摹思妇的曲折心理，一写妇女的优美品格，二抒一己的思亲幽怨，后主大词家，对付这样的题材，尤所擅长。这首小词格调字数虽不完整，意脉结构还是分明的。开端二句："樱花落尽阶前月，象床愁倚熏笼。"写思妇的自然环境时，思妇的形象便在暗中出现。她的内心感受，通过落地樱花与当空明月自然引出：时间已过了春时，美丽的樱花已是果实纷落，花蕊飘零。这个女人的青春也一并在离别中飘零萎落了。时间又到了初夜，月光已移到阶前。女人玉臂寒凉，云鬟沾湿，她和远戍的男人同在一个月光下，却感不到男人的抚慰，于是思妇只好离开撩人的花魂月影，垂下帘栊，走到床前倚笼愁坐了。她怀着满腔心事数着归期："远似去年今日恨还同。"原来这回肠百转的九字句，道出不仅征人路遥，而且离日渐远。上句一个"愁"字，这句加个"恨"字，这愁与恨的相思滋味，怎么消受得下。

下片重新着意修饰形象，现出闺中思妇画面："双鬟不整云憔悴，泪沾红抹胸。"女人还梳着双鬟，说明她还很年轻。女为悦己者容，悦己人远，她也就懒怠梳妆了。"憔悴"二字，不一定形容面貌。看李清照的念远词、悼亡词，有时以"憔悴"形容花："憔悴损、如今有谁堪摘！"（《声声慢》）有时以"憔悴"形容发："如今憔悴，风鬟雾鬓，怕见夜内出去。"（《永遇乐》）总之说"憔悴"是说生离死别使自己的心灵干涸。这里说"云憔悴"，是以"云"代指发。表示没有用油梳沐头发，本自《诗·伯兮》："自伯之东，首如飞蓬，岂无膏沐，谁适为容"之意。画面上还有女子的小衣"红抹胸"。这"红抹胸"既降低思妇的身份，又泄露男与女的亲密关系。幸而末句忽生新意，把全词价值又抬高了，"何处相思苦，纱窗醉梦中。"两句总括并结束了本词中种种相思苦境。户外有花有月，触景生情，是一种苦味；户内闺中愁尘，回忆旧时离聚，那滋味必苦涩难当。但都比不上梦醒难眠的相思最苦。因为迷离的梦添上点甜蜜和麻醉；清醒的时候格外痛苦。"醉"字，另本作"睡",恐怕更好解释。思妇早已准备睡了,什么时候又喝醉了呢!小词虽残破,但写怀远,开展关合,应有尽有。虽无曲调,仍自成篇。

谢新恩①

　　庭空客散人归后,画堂半掩珠帘。林风淅淅夜厌厌②。小楼新月,回首自纤纤③。(下缺)春光镇在人空老④,新愁往恨何穷。金窗力困起还慵⑤。一声羌笛,惊起醉怡容⑥。

【注释】

①王国维《校勘记》云:"此亦临江仙阕。"但它不是一首完整的《临江仙》,而是两个半阕的《临江仙》:上半押一先韵;下半押一东韵,不是一词。有本把此词分为残缺的两阕,那是对的。

②淅:象声词。这里指风声。有时指雨雪声。亦作"淅沥"。厌:绵长貌。这里形容夜。冯延巳《长相思》词:"红满枝,绿满枝,厌厌睡起迟。"

③纤:细长貌。这里形容新月。南朝宋鲍照《玩月城西门廨中》诗:"始见西南楼,纤纤如玉钩。"

④镇:常,长久,纳兰容若《踏莎行》:"小楼明月镇长闲。"

⑤金窗句:前句"何穷"以下本空七个字,《花草粹编》、《历代诗馀》均用此句,即《谢新恩》第一首所余惟一之句也。

⑥醉怡容:费解。或有讹字。

谢新恩①

　　樱花落尽春将困,秋千架下归时。漏暗斜月迟迟②，花在枝。（缺字）彻晓纱窗下，待来君不知。

【注释】

①刘继增《南唐二主词笺》：此阕并原注缺谬不可改。

②王国维注："漏暗"二字疑是"满阶"。

【讲解】

这首词断缺不完，未可称是《谢新恩》或《临江仙》。上片"樱花"、"漏暗"疑讹。下片缺十二字。结语十字不精彩，似描摹情人幽会，错简如此，完璧不得，亦无可惋惜者。

谢新恩①

冉冉秋光留不住②，满阶红叶暮③。又是过重阳④，台榭登临处⑤。茱萸香坠⑥，紫菊气，飘庭户。晓烟笼细雨。噰噰新雁咽寒声⑦，愁恨年年长相似⑧。

【注释】

①刘继增《南唐二主词笺》注曰："此阕既不分段，亦不类本词，而他调亦无有似此填者"。词写秋恨，列举红叶、茱萸，紫菊、新雁，烟雨等。不见意脉章法，无可鉴赏。

②冉冉：形容时光渐渐流逝，张孝祥《忆秦娥》词："年年冉冉惊离索。"

③红叶：指枫、槭、黄栌等树。经秋叶子变红，统称红叶。韩愈《游青龙寺赠崔大补阙》诗："友生招我佛寺行，正值万株红叶满。"

④重阳：农历九月九日称重九或重阳。魏晋以后，习俗于此日登高游宴。梁庾肩吾《九日侍宴乐游原应令诗》："献寿重阳节，回銮上苑中。"

⑤台：高而上平的方形建筑。榭：建在高台上木建筑、或四面临水。唐杜甫《滕王亭子》："君王台榭挟巴山。"

⑥茱萸：植物名，香气辛烈，可入药。古代习俗于重阳节，佩茱萸，可驱邪避恶。《西京杂记》卷三："九月九日，佩茱萸，食蓬饵，饮菊华酒，令人长寿。"唐王维《九月九日忆山东兄弟》："遥知兄弟登高处，遍插茱萸少一人。"

⑦噰（yōng）：鸟类和鸣声。《文选·孙绰游天台山赋》："听鸣凤之噰噰"。李善注：《尔雅》："噰噰，谓声之和也。"

⑧愁恨年年长相似：末字不叶。另本作"侣"、"续"，均可。

阮郎归①

　　东风吹水日衔山，春来长是闲。落花狼藉酒阑珊②，笙歌醉梦间③。　　佩声悄④，晚妆残，凭谁整翠鬟⑤？留连光景惜朱颜⑥，黄昏独倚阑。

【注释】

①《阮郎归》：又名《醉桃源》、《碧桃春》。四十七字，平韵。此词传为冯延巳作，见《阳春集》。又传为欧阳修作，见《欧阳文忠公近体乐府》。但查多种南唐词抄本均注："呈郑王十二弟。"并于篇末有"东宫府印"，仍断为李煜作为是。郑王，李从善，元宗（李璟）第七子。初封郑王，徙封韩王，最后封郑王。虽为第七子，古人排行依大小多种排法，十二弟即是七弟也。

②狼藉：杂乱不堪。欧阳修《采桑子》词："狼藉残红。"阑珊：残落，衰落。宋贺铸《小重山》词："歌断酒阑珊。"

③笙歌：吹笙唱歌。唐王维《奉和圣制十五夜燃灯继以酺宴应制》："上路笙歌满，春城漏刻长。"

④佩：玉佩。古人佩带的饰物。《墨子·辞过》："铸金以为钩，珠

玉以为佩。"

⑤翠鬟：女子环形发式。翠，青绿色。唐高蟾《华清宫》诗："何事金舆不再游，翠鬟丹脸岂胜愁。"整翠鬟：女子梳头。宋欧阳修《生查子》："含羞整翠鬟，得意频相顾。"

⑥朱颜：红润美好的容颜。

【讲解】

这首词的背景，就在注的上面："呈郑王十二弟。"郑王是中主李璟第七子从善。李煜行六，从善行七。从善最后的封号是郑王。古人排行，有大、小诸种排法，七弟与十二弟乃是一人。后主李煜仁厚，对待诸弟，忠诚笃爱。他的父亲李璟，在继位问题上，一味逊让，登位之后，便立其弟景遂为皇太弟，表示兄弟让国的决心。他的长子弘冀，一面怀恨其叔景遂夺了他的嗣位，一面还妒嫉其弟李煜相貌清奇，才华出众。李煜开始只以读书避祸，及见弘冀鸩杀叔父，做了皇太子，更为惴惴不胜，惟恐不能自保。弘冀暴卒后，李煜的四个哥哥相继身亡。李煜依序该当国主，但中主平素最喜从善，有大臣善体王意，曾上疏保荐从善嗣位，中主未置可否，临崩时遗诏李煜即位。从善还以为自己有希望，曾暗中打听遗诏怎么说，李煜即位后，有大臣奏从善有觊觎王位之嫌。李煜不但不究，反对他格外友爱。开宝四年（971年）国势日衰，宋灭南汉，下一步即将吞噬南唐，李煜大惧，乃去唐号，自称江南国主，又备藩臣礼，遣弟从善至宋进贡，宋朝为了牵制南唐，有意不放从善回国。李煜犹疑不解，上表请放弟归，又写《却登高赋》一文，妄图以弟兄情义打动宋祖，文中曰："原有鸰兮相从飞，嗟守季兮不来归。"任凭他思弟情切，泣涕涟涟，徒然招来强敌的蔑笑。本词就是在如此的背景下，以词的传统题材——闺怨，一抒自己的憾恨与哀思。

上阕表述生活状况与个人情怀，分两层来写，第一层，写环境：东风吹水日衔山，春来长是闲。"首句朴素无华，一清见底。风吹水动，长流不息；日衔山去，落而复兴，这是自然规律的概括。你看唐诗人王之涣吟道："白日依山尽，黄河入海流。"（《登鹳雀楼》）；宋词人辛弃疾吟道："红日又西沉，白浪长东去"（《生查子》），是何等的气概，因为他们把自己摆在雄奇的背景上，个人的形象也因之宏伟了，后主则把宇宙和自己对立起来，自然规律使他恐慌得了不得，更见得个人的渺小，从而发出末世的哨叹。首句的"吹"字、"衔"字，用得准确、新颖、自然、真切，但是没有气概。下句

"春来长是闲"怎么讲？后主用"闲"字，有独特处，他词中的"闲"，不是悠闲，闲散、消闲；而是无所作为，无聊透顶，无可奈何！后主处于国事危殆的险境中，竟然表现得如此颓丧，这是何等的不相配。真是个极不像样的国主。第二层写生活，"落花狼藉酒阑珊，笙歌醉梦间。"李煜在宫中，耽爱声色歌舞，日日赏春饮宴，眼见花落春归，酒阑人散，破国亡家，就在眼前，他仍奢糜无度，醉生梦死。他这样吟唱，自杀也好，自嘲也罢，倒是坦诚的自白。

下阕点出弟兄间难忍的离别。仍旧以"闺怨"作象喻："佩声悄"，听不到男子所佩带的叮珰玉声，是指远方的男子不见归来，喻羁宋的郑王从善。"晚妆残"，指这一边的思妇无心梳洗，喻作者对兄弟担心与怀念，下面紧接一问："凭谁整翠鬟?"危窘忧伤，六神无主，坐待灭亡，谁来救我！结尾二句，以极平淡语掩饰沉痛心："留连光景惜朱颜，黄昏独倚阑。"结尾与开端呼应，眼见自己将被伟大的宇宙抛掷了。"独"字与"闲"字衔接，表示无限的迁延与懊悔，无计与无奈。不必推想从善是否看到这首词；也不必附会从善妻子不久忧愤而死的悲剧，这首小词流露着李煜的沉哀。李煜受李璟、冯延巳的影响，加上一己的实感真情，才做出这样的意境深于言词，内涵大于形象的词章。它们给词注入生命，使词摆脱《花间》，走上抒情诗的大道。从此，词这一新型的抒情诗体，进入北宋，走向繁荣，与唐诗比肩并立。人们始知"独立小桥风满袖，平林新月人归后"（冯延巳《鹊踏枝》），何尝只是闲情？"泪眼问花花不语，乱红飞过秋千去"（欧阳修《蝶恋花》），未必只为伤春；"酒入愁肠，化作相思泪"（范仲淹《苏幕遮》），哪是儿女相思。如此看来，李煜这首《阮郎归》是值得另眼相待的了。

【辑评】

一、宋陆游《南唐书》卷一六：从善字子师，元宗第七子。……开宝四年遣朝京师，太祖已有意召后主归阙，即拜从善泰宁军节度使，留京师，赐甲第汴阳坊。……后主闻命，手疏求从善归国。太祖不许，上疏示从善，加恩慰抚，幕府将吏皆授常参官以宠之，而后主愈悲思，每凭高北望，泣下沾襟，左右不敢仰视。由是岁时游燕，多罢不讲。尝制《却登高文》曰："陟彼冈兮跂予足，望复关兮睎予目。原有鸰兮相从飞，嗟予季兮不来归……。"从善妃屡诣后主号泣，后主闻其至，辄避去。妃忧愤而卒。国人哀怜之。

二、明沈际飞《草堂诗馀正集》卷一：意绪亦似归宋后作。

三、明卓人月《古今词统》卷六：徐士俊云：后主归宋后，词常用"闲"字，总之闲不过耳，可怜。

四、明李廷机《草堂诗馀评林》卷一：李后主著作颇多，而此尤杰出者。

五、明李于麟：上写其如醉如梦，下有黄昏独坐之寂寞。似天台仙女，伫望归期，神思为阮郎飘荡。（引见《南唐二主词汇笺》）

六、俞陛云《唐五代两宋词选释》：词为十二弟郑王作。开宝四年，令郑王从善入朝，太祖拘留之。后主疏请放归，不允。每凭高北望，泣下沾襟。此词春暮怀人，倚阑极目，黯然有鸰原之思，煜虽孱主，亦性情中人也。

捣练子令①

深院静，小庭空。断续寒砧断续风②，无奈夜长人不寐，数声和月到帘栊③。

【注释】

①《捣练子令》：即《捣练子》，《尊前集》、《花草粹编》、《全唐诗》均无"令"字。杨慎《词品》："词名《捣练子》，即咏捣练。乃唐词本体也。"此调盖咏捣练者。二十七字。单调。捣练：古代女子将绢（生丝织成）用木杵捣软成熟绢，以便裁制衣服。徐釚《词苑丛谈》云："李后主此词，尚有上阕，盖即《鹧鸪天》变体。"此说不确，他录的上阕，平仄句法与《鹧鸪天》不合；又非咏捣练内容；其中有两句是白居易诗，后主绝不致搬用。此词《尊前集》谓冯延巳作，但冯词《阳春集》未载。

②寒砧（zhēn）：砧，捣衣石。这里代指捣衣所用之砧。妇人在捣衣时往往思念离人，秋风寒冷，更能引动别离之情，所以称"寒砧"，

使形象更深刻。唐李顾《宴陈十六楼》诗："四邻见疏木，万井度寒砧。"

③栊（lóng）：窗子。《说文》："房室之疏也。"小曰窗，阔曰栊。帘栊：挂着竹帘的格子窗。

【讲解】

这是一首写寒夜听砧的小令。题材内容与词调名称是一致的，所以也可以叫作本义词。古代妇女以杵砧捣衣为经常劳动，白天忙于炊事家务；夜晚往往到河畔捣衣。秋夜的月色，单调的砧声，在居子不免思念身寒衣单，离家远戍的行人；在行人也不免遥想深居在家的居子如何在同一月下，捣衣声声，怀想亲人的情景。唐张若虚《春江花月夜》："可怜楼上月徘徊，应照离人妆镜台，玉户帘中卷不去，捣衣砧上拂还来。"李白《子夜吴歌》曰："长安一片月，万户捣衣声。秋风吹不尽，总是玉关情，何日平胡虏，良人罢远征。"杜甫也有《捣衣》的五律："亦知戍不返，秋至拭清砧，已近苦寒月，况经常别心。宁辞捣衣倦，一寄塞垣深。用尽闺中力，君听空外音。"上引张、李、杜的诗，是从捣衣人的角度写的；本首后主词，是从听砧人的角度写的。俞陛云评说："通首赋捣练，而独夜怀人情味，摇漾于寒砧断续之中，可谓极此题能事。"（《南唐二主词辑》）他的话正是解说此词的钥匙。

"深院静，小庭空"写听砧的环境，如果只写砧声环境，也许会是夜风缕缕，月色清新吧，而这里的环境描写却是院静庭空。第一句诉诸听觉，第二句诉诸视觉，极写主人公的孤寂空虚，以他独处的感受衬托闻砧的感受，因为小词不是写砧声，而是写闻砧之人，"断续寒砧断续风"，这里到题。以白描手法正写"闻砧"。主人公在室内听到时断时续的风声，带来若有若无的砧声，两个"断续"形容真切，是天生好句。下面是词的核心句："无奈夜长人不寐"，直抒胸臆。闻砧的主人原来长夜难眠，怪道"数声和月到帘栊"。砧声月色，穿过帘窗，一齐袭人而来。这就是说，由于失眠，恼人的月色、砧声才一并袭入，如此倒果为因，正是文人的伎俩。"无奈"二字，道尽心态：我自烦恼，然后景物扰人，假如我没见月光，没闻砧声，难道就睡得安稳么？词至末句，才现月色，"和"字表示砧声是主，月色是宾。必须月与砧配合，声与色融成一片，才圆得意境，通首没有一字直写离思，却声声字字表现听砧人对天下有情人的离思与怀想。词体虽小，看去似随意而挥，自然而然，其实饶有情味，可以展宕至人间万事，结构、布局、遣词、造句、都经得起用周密细致的品味，人言后主词除浓妆、淡妆外，还有"乱头粗服"，不掩国色的，或者正是这里所表现的吧！

【辑评】

一、明杨慎《词品》：李后主《捣练子》云：（略）。词名《捣练子》，即咏捣练，乃唐词本体也。

二、清陈廷焯《云韶集》卷一：古人以词名为题，他本增"秋闺"二字，殊属恶劣。

三、俞陛云《唐五代两宋词选释》：曲名《捣练子》，即以咏之。乃唐词本体。首二句言闻捣练之时，院静庭空，已写出幽悄之境。三句赋捣练。四五句由闻砧者说到砧声之远递。通首赋捣练，而独夜怀人情味，摇漾于寒砧断续之中，可谓极此题之能事。杨升庵谓田本以此曲为《鹧鸪天》之后半首，尚有上半首云："塘水初澄似玉容，所思远在别离中，谁知九月初三夜，露似珍珠月似弓。"案《鹧鸪天》调，唐人罕填之。况"塘水"四句，全与捣练无涉，升庵之说未确。但露珠月弓，传诵词苑，自是佳句。

四、王国维《南唐二主词·校勘记》："可怜九月初三夜，露似珍珠月似弓。"此乐天《暮江吟》后二句，见《白氏长庆集》卷十九。后主不应全袭之。且《鹧鸪天》下半阕，平仄亦与《捣练子》不合，显系明人赝作。

五、唐圭璋《屈原与李后主》：后主始无奋斗之志，后亦不思奋斗，平居贪欢作乐，国危则日夜戚伤。其《捣练子》云："无奈夜长人不寐"，《相见欢》云："无奈朝来寒雨晚来风"，朝朝暮暮，只觉无奈。

又唐圭璋《唐宋词简释》：此首闻砧而作，起两句，叙夜间庭院之寂静。"断续"句叙风送砧声，庭愈空，砧愈响。长夜迢迢，人自难眠，其中之悲哀，亦可揣知。"无奈"二字，曲笔径转，贯下十二字，四层含意。夜既长，人又不寐，而砧声、月影，得并赴目前，此境凄迷，此情难堪矣。杨升庵谓此乃《鹧鸪天》下半阕，然平仄不合，杨说殊不可信。

清平乐

别来春半①，触目愁肠断②。砌下落梅如雪乱③，拂了一身还满。　雁来音信无凭④，路遥归梦难成。离恨恰如春草，更行更远还生。

【注释】

①春半：春季已过半，柳宗元《柳州二月榕叶落尽偶题》："宦情羁思共凄凄，春半如秋意转迷。"

②愁：一本作"柔"。未尝不可。

③砌（qì）：台阶。落梅：白梅花。开放较迟。故春半才有落梅。

④雁来：古代有雁足传书故事。据《汉书·李广苏建传》，苏武出使匈奴，被扣留，武宁死不降，被囚于北海牧羊。汉使来觅，匈奴王伪说武死，汉使侦其诈，并知武囚地，因故意假说汉天子在上林苑射雁，雁足系有帛书，是武亲笔求归。匈奴王语塞，乃放武回国。

【讲解】

这首《清平乐》专写离情。前辈俞陛云赞曰："善状离情者也。"后来唐圭璋评道："纯是自然流露，丰神秀绝。"这篇词无疑是抒情词之上品，李煜的代表作之一，它是否一如前篇《阮郎归》，为怀念入宋不归的从善而作，且不必探究，只不妨细读之，看那强烈的艺术魅力是怎样产生的。

首句，"别来春半"，总摄全篇。"别来"，直吐主题。"春半"，点明时节，一篇音律，确定是两字一拍，四字二折腰。"触目愁肠断"。因情观景，触景生情。"触目"引出眼前实景，"愁肠断"，直诉断肠离愁。句式二、三，不是二、二，但仍如首句是折腰句。下面引出一幅情景交融的意境，"砌下落梅如雪乱，拂了一身还满。"词人在阶下，伫立在一棵白梅树前。已到春半，如雪的白梅，纷纷飘落，好一会儿，白梅落满衣襟。他用手拂落梅片，仍自伫立出神，落梅仍然飘落着，不久，又盖满了衣襟。落梅纷纷飘落衣襟，拂与不拂，都是一样，反正拂之不去，拂去还来，令人意乱心迷，思苦神伤。挥不去的雪花似愁情，驱不散的落梅似离思，物象心象，融合为一，声调情调，调和一致。上片韵脚，句二当叶仄韵，仄韵的去、上均可，但作去使前三句均押去声，忽第四句转上声，语音转悲，立起音乐效果。上片词句，长短有致，尽管四字句、五字句、七字句、六字句，都是二节拍，第四句六字最好听，表现了二折腰，现一个拂花的动作，流露了心灵的烦乱，冯延巳有词："和泪试严妆，落梅飞晓霜。"（《菩萨蛮》）或许李煜的喻句，是由冯句脱化而来，然而李煜拂去落梅的动作，描摹了主人公的内心矛盾与挣扎，困惑与无奈，冯词是望尘莫及的。

上片，李煜形象地表现他那难状的心境。下片，随词牌要求，由仄声转平声，从错落变整齐，进一步表现沉痛的悲哀，看他写深入的感情："雁来音信无凭"，一层；"路遥归梦难成"，又一层。一方居子，盼着归讯；一方行人，路远难归。居子只有凭靠雁足系书的幻想，世上本没有这样的真事，远人只有盼望梦里的相逢，梦是不可以里程计的。认为梦的不来是路远之过，原是呆话痴想。总之，慰藉是虚幻自欺的；相逢是黯淡无望的。词人把感情导向深沉的哀思后，再一次创造深美的比譬与意境。"离恨恰如春草，更行更远还生。"上片落梅作喻，写驱不散的离愁；下片春草作喻，写无穷尽的离恨。春草的形象，历代名句都关联着离情别意。像古诗："青青河畔草，绵绵思远道。"白居易《赋得古原草送别》："野火烧不尽，春风吹又生。"王维《送别》"春草明年绿，王孙归不归。"加上李煜的这首："离恨恰如春草，更行更远还生。"牛希济《生查子》："记得绿罗裙，处处怜芳草。"等等。而每位作家借春草写离情，都有各自的独特处。只有秦观词："倚危亭，恨如芳草，萋萋刬尽还生"（《八六子》），颇有沿袭本词之嫌，了无创新之意。周止庵评为"神来之笔"，它是当不得的。李煜的"离恨恰如春草"，写得明净而有概括力，"更行更远还生"，六字三折，有创造性。用口吟诵，仿佛那抽象离情，即形象的春草，渐行渐远，更远更深，绵绵无尽，沉哀无底。

以砌下纷纷的落梅，天涯萋萋的芳草，形象地体现挥之不去的离愁，永无尽期的离恨，幻出深美的两个意境，自然的一片天籁，奠定了一种新的抒情诗体裁——词的诸多艺术特色：那比诗还浓的抒情性，抑扬顿挫的音乐性，天然神奇的语言，情景交融的艺术手段等。李煜在词史上的地位和成就该是第一位的。

【辑评】

一、清谭献《谭评词辨》卷二："泪眼问花花不语，乱红飞过秋千去"，与此同妙。

二、清陈廷焯《云韶集》卷一：欧阳公"离愁渐远渐无穷，迢迢不断如春水"，从此脱胎。

三、俞平伯《读词偶得》：落梅雪乱，殆玉蝶之类也，春分固有残英，"砌下"两句，戏谓之摄影法。上下片均以折腰句结，"拂了一身还满"，二折也；"更行更远还生"，三折也。……此两句善状花前痴立，怅怅何之，低回几许之神，似画而实画不到，诗情兼画意者。……"雁来"句轻轻地说，"路遥"句虚虚地说，似梦之不成，乃路遥为之，何其微婉欤。……于愁则喻春水，于恨则喻春草，颇似重复，而"恰似一江春水向东流"，以长句一气直下，"更行更远还生"，以短语一波三折，句法之变换，直与春水春草之姿态韵味融成一片，外体物情，内抒心象，岂独妙肖，谓之入神可也。虽同一无尽，而千里长江，滔滔一往；绵绵芳草，寸接天涯，其所以无尽则不尽同也。词情调情之吻合，词之至者也。后主之词，此两者每为不可分之完整，其本原悉出于自然，不假勉强，夫勉强而求合，岂有所谓不可分之完整耶？是以知其必出于自然也。

四、唐圭璋《李后主评传》：上半阕写落花。写花中的人，依稀隐约，情境逼真。《楚辞·九歌》的《湘夫人》说："帝子降兮北渚，目眇眇兮愁予。嫋嫋兮秋风，洞庭波兮木叶下"，正与此有同样的妙处。下半阕写情，与写境相映，也更加生动。秦观词："恨如芳草，萋萋划尽还生。"正从后主的末句脱胎。

又唐圭璋《唐宋词简释》：此首即景生情，妙在无一字一句之雕琢，纯是自然流露，丰神秀绝。起点时间。次写景物。"砌下"两句，即承"触目"二字写实。落花纷纷，人立其中，境乃灵境，人似仙人，拂了还满，既见落花之多，又见描摹之生动，愁肠之所以断者，亦以此故。中主是写风里落花；后主是写花里愁人，各极其妙。下片，承"别来"二字深入。别来无信一层，别来无梦一层。着末，又融合情景，说出无限离恨。眼前景，心中恨，打并一起，意味深长。少游词云："倚危亭，恨如芳草，萋萋划尽还生。"周止庵（周济）以为神来之笔，实则亦袭此词也。

采桑子^①

辘轳金井梧桐晚^②，几树惊秋^③。昼雨新愁^④，百尺虾须在玉钩^⑤。　　璃窗春断双蛾歇^⑥，回首边头^⑦，欲寄鳞游^⑧，九曲寒波不泝流^⑨。

【注释】

①采桑子：《全唐诗》原名《采桑》，为唐教坊大曲。冯正中词，名《罗敷艳歌》。李后主词，名《采桑子令》或《丑奴儿令》。宋初词皆名《采桑子》，或《丑奴儿》。本词杨慎《词林万选》卷四谓牛希济作。《全唐五代词》中牛希济词未见此首。《古今词统》谓晏几道作，今传《小山词》中未载此阕。侯文灿本《南唐二主词》将此词与《虞美人》（风回小院庭芜绿）并列，并于《虞美人》词后注云："以上二词墨迹在王季宫判院家。"此词既有后主墨迹，当是后主词无疑。

②辘轳金井：辘轳是井上汲水的工具。金井是有金碧雕饰的井栏。金井梧桐：表明秋天季节。梧桐树生在井边，故说梧桐往往带说金井，井上有辘轳，故一并带说辘轳，古人往往以金井梧桐体现秋怀。如李白《赠别舍人弟台卿之江南》诗："去国客行远，还如秋梦长。梧桐落金井，一叶飞银床。"王昌龄《长信宫词》："金井梧桐秋叶黄。"周邦彦《蝶恋花》："月皎金乌楼不定，更漏将残，辘轳牵金井。"

③惊秋：杨慎《词林万选》作"经秋"，亦是。

④昼雨：一作"旧雨"。新愁：一作"和愁"。

⑤虾须：帘的代称。因帘的形象如虾的触须。苏易简诗："虾须半卷天香散。"唐陆畅《帘》诗："劳将素手卷虾须，琼室流光更缀珠。"玉钩：用玉琢成的帘钩。

⑥璃（qióng）：即"琼"，美玉。琼窗：精美的窗子。春断：象征一切美好的景物和情事，都失去了。双蛾：指美女的一双蛾眉。南朝梁

沈约《昭君辞》："于兹怀九逝，自此敛双蛾。"

⑦边头：指边远的地方。

⑧鳞游：游鱼，借指书信。乐府古诗："客从远方来，遗我双鲤鱼，呼儿烹鲤鱼，中有尺素书。"后人因以"双鲤"或"鱼信"代指书信，这里以鳞游代指鲤鱼传书。

⑨九曲：极言曲折。这里代指黄河。唐卢纶《送郭判官赴振武》诗："黄河九曲流，缭绕古边州。"沂（sù）：同溯，逆流而上《诗·秦风·蒹葭》；"溯回从之，道阻且长，溯游从之，宛在水中央。"这里指逆水不能倒转，春时不能再来。

【讲解】

李煜亡国前，写过一组离情词，如本首及前面的《阮郎归》、《清平乐》等。它们也许都是怀念入宋不归的郑王从善之作；也许只是借用离情题材，一抒个人在环境压迫下的忧愁和感慨。词自李后主起，有了关键性的变化，是从伶工之词转而为上层社会士大夫词，并且篇篇自有其个性。后主的这类离情词，早已大于男女离情，而是在人生路途中的失败者的无穷凄惶与憾恨。

上阕缓缓展开晚秋景幅，用倒叙法，第四句应是第一句，美人卷帘挂钩。因为她听见室外的秋声了，那是秋雨连绵，帘卷起来，她看见井傍的梧桐了，现出黯淡秋容，词人用具体、形象的景物描写，表现抽象难状的离情秋思。首句辘轳、金井、梧桐三件物事，梧桐是主，辘轳、金井是衬。金井是梧桐生长处。金井锁梧桐，显示一些生活气息和儿女情怀。这样写境，给人以浓郁秋意的实感。"几树惊秋"是补充，首句的动词在二句内，就是"惊"字。"惊"有秋声，是铿然叶落声，雨打桐叶声。"昼雨新愁"又一层补充，这雨是白日的雨，是夜雨的延续，这愁是卷帘新添的愁，是旧愁的增添。这一幅倒叙的人物景象渐渐清晰了：美丽的窗帘，美丽的手将帘卷起，凝神望外，那陪伴深闺的金井、梧桐，那相守长夜的连绵秋雨，搅起她心内间萦绕的愁情离思。如此要眇微宛的词句，幽约隐曲的词情，正是词体不同于诗的独特之处。

下阕深入展开离情主题。就是说人遥路隔，愁情难寄，过片词句延续不断："璃窗春断双蛾歇，回首边头。"上片说到卷帘，这里续写到窗。帘是贵重的，窗也是贵重的，是为着表明女主人公的贵重身份与品格。"春断"承上片秋晚。但扩大来说，这"春断"是指一切美好的景物、情事，都不再复返，长逝不回了。上片卷帘动作是暗写，这里"双蛾歇"是明写，表示愁之更深更切。"回首边头"，前面却是虚写，这才点到痛处。人远路遥，在士大夫的精神世界中，"边头"永远是未圆的梦，理想之乡，瞻望不及，企盼不得，小小离情词篇，品尝着人间的滋味，人生的真谛。堂庑特大，感慨极深。词在结尾，顿起波澜："欲寄鳞游，九曲寒波不泝流。"虽然相见无门，那么，退一步愁情离思靠鱼书雁信，遥遥相通亦可，笔意才刚扬起，又立下跌，愁情亦不可寄，只有陷入深深的绝望中，黄河九曲，寒波凛凛。滔滔秋水，长流无尽。后主的歌声从宛转到悲壮，意境深阔，沉哀何限，这分明是不能克服命运的一个弱者与失败者的哀号，哪里还是闺中人的呻唤！

【辑评】

一、明沈际飞《草堂诗馀正集》：何关鱼雁山水，而词人一往寄情，煞甚相关。秦、李诸人，多用此诀。

二、明李于麟（引《南唐二主词汇笺》）：上，秋愁不绝浑如雨；下，情思欲诉寄与鳞。

又云：观其愁情欲寄处，自是一字一泪。

三、明卓人月《古今词统》卷四：徐士俊云：后主、易安直是词中之妖。恨二李不相遇。

四、俞陛云《唐五代两宋词选释》：上阕宫树惊秋，卷帘凝望，寓怀远之思。故下阕云："回首边关。"音书不到，当是忆弟郑王北去而作，与《阮郎归》词同意。

又：此词墨迹在王季宫判院家。《墨庄漫录》称："后主书法遒劲可爱，可称书词双美。"

又：此调曲谱作《丑奴儿令》。

临江仙①

樱桃落尽春归去②，蝶翻金粉双飞③。子规啼月小楼西④。画帘珠箔⑤，惆怅卷金泥⑥。　　门巷寂寥人去后，望残烟草低迷。炉香闲袅凤凰儿^⑦，空持罗带，回首恨依依。

【注释】

①根据启功先生考证，本词稿流传于世者有二本：其一依宋蔡绦《西清诗话》所说是个残本："词未就而城破。"词尾阙三句。另一依宋陈鹄《耆旧续闻》所言，江南官邸藏有李后主亲笔真迹，于《七佛戒经》、李白诗数章之外，有《临江仙》一首虽有涂注，未尝不全，（见《启功丛稿·题跋卷》）这里依全稿。当年江南城破在十一月，本词写的是初夏，可见是围城时所作，未必是因城破而匆迫不及毕稿也。

②樱桃：初夏结实。《礼记·月令》：仲夏之月，天子以含桃（即樱桃）先荐寝庙。又《汉书》云：汉惠帝常出游离宫，取樱桃献宗庙。《唐书》：唐高宗夏宴，以朱樱饷宰相学士。可见古代天子有以樱桃献宗庙的传统。

③金粉：一般谓妇女妆饰物。词章家用为繁华绮丽之义。或代指色黄花蕊。这里指粉蝶的翅膀，蝶翅一名粉翅。经秋翅粉销尽。李商隐《咏蝶》诗："重傅秦台粉，轻涂汉殿金。"又："孤蝶小徘徊，翩翻粉翅开。"晏殊《蛱蝶》诗："那将白翅轻涂粉，绕遍千花百卉心。"

④子规：杜鹃鸟之别名。原名鹃鸟，传说为蜀帝（又名望帝）杜宇魂魄所化，故改名杜鹃，或直呼杜宇。夜半啼声凄切，使人有思归之心。李商隐《无题》："庄生晓梦迷蝴蝶，望帝春心托杜鹃。"啼月：子规在月夜啼叫。

⑤画帘：有画饰的帘，唐杜牧《怀钟陵旧游》："一声明月采莲女，四面朱楼卷画帘。"珠箔（bó，诗中读仄声）：箔，帘。珠箔，珠帘。《西京杂记》："昭阳殿织珠为帘。风至则鸣，如珩珮之声。"唐李白《陌上赠美人》诗："美人一笑褰珠箔，遥指红楼是妾家。"

⑥金泥：用以饰物的金屑。这里代指饰有金屑的珠箔。唐孟浩然《宴张记室宅》诗："玉指调筝柱，金泥饰舞裙。"

⑦闲袅：形容柔软细长之物随风轻动。有时形容柳条。这里形容焚香。凤凰儿：疑是焚香器名。后主宫中有主香宫女。其焚香之器有把子莲、三云凤等几数十种，金、玉为之。"凤凰儿"或即"三云凤"，亦未可知。

【讲解】

宋开宝七年（974年）十月，宋兵攻金陵。金陵被围一年。次年（975年）十一月；城破。本词是李煜在围城中所写，可能在宋开宝八年（975年）初夏，这首词于下片第二句有涂注处；并加一"衰"字。它和后主在围城中祷佛发愿所写的疏文，以及在无聊中抄录的李白诗等杂在一起，流落在江南中书舍人王克正家，并在词稿后有苏辙题字曰："凄凉怨慕，真亡国之声也。"这一词稿曾为陈鹄所亲见，断非赝品。

上片完整。照旧以景物传情，蕴藉凄婉，充足表现后主词的韵味。

首句樱桃，二句粉蝶，三句杜鹃，三件物事表露伤逝主题。"樱桃落尽春归去"，樱桃落尽，春光消失了。时序如此，况且帝王家以樱桃荐献宗庙，以春宴大飨群臣的春时大典，也在国家危窘之际无人管顾了，"蝶翻金粉双飞"。春时花开全盛，蝶翅翩翩，夏至百花殒落，蝶粉销尽，悄然飞去。这句词"双飞"一词费解，可以解为"双飞"即是"双翅"；或者指蝶和花一齐"双飞"，以"金粉"指花。"子规啼月"用在这里写春恨，暗寓杜宇失国。这时被围城的后主，有可能想到去国的望帝，轻易地失去帝位和江山，抱恨终极。下面由室外景物转移至室内器物，"画帘珠箔，惆怅卷金泥"，原用来衬托人物的出现，但写人物只用一个"卷"字，首二句所见所闻，俱是人物卷帘所得，再有只加一个词语："惆怅"，直射伤逝主题，这一个至尊至贵的人物，所拥有的春之繁华，环境的、心内的春之依恋，全部消失了，以图像、意境用来抒发衷心的哀情，这正是后主的词风。清人陈廷焯体会这首词，深有感触。他说："低回留恋，宛转可怜，伤心语，不忍卒读。"（《别调集》卷一）

过片以后，词笔宕开，上写春归，下写人杳。上写珠箔金泥，下写荒烟衰草。上示惆怅，下示寂寥。上是白日，下是半夜，"炉香"，补充宫中器物，表示时间的转移，"罗带"是美人用品，美人已逝，无限依依，拈出一个"恨"字，一显心中之无奈与凄凉。这一个等待末日的君主，只有向逝去的繁华荣耀、爱情欢愉作最后的告别了，正如"天长地久有时尽，此恨绵绵无绝期"。（白居易《长恨歌》）

【辑评】

一、宋胡仔《苕溪渔隐丛话》前集卷五九：《西清诗话》云："南唐后主围城中作长短句，未就而城破。（词略：缺尾三句）余尝见残稿，点染晦昧。心方危窘，不在书耳。"……苕溪渔隐曰：余观《太祖实录》及三朝正史云"开宝七年十月，诏曹彬、潘美等率师伐江南。八年十一月，拔昇州。"今后主词乃咏春景，决非十一月城破时作。《西清诗话》云"后主作长短句，未就而城破"其言非也。然王师围金陵凡一年，后主于围城中春间作此诗，则不可知，是时其心岂不危窘。于此言之，乃可也。

二、宋张邦基《墨庄漫录》卷七：宣和间，蔡宝臣致君收南唐后主书数轴，来京师以献蔡绦约之。其一乃王师攻金陵，城垂破时，仓皇中作一疏，祷于释氏，愿兵退之后，许造佛像若干身，菩萨若干身，斋僧若干万员，建殿宇若干所，其数甚多，字画潦草，然皆遒劲可爱，盖危窘急中所书也。又有《看经发愿文》，自称莲峰居士李煜。又有长短句《临江仙》（词略），而无尾句。刘延仲为补之云："何时重听玉骢嘶，扑帘飞絮，依约梦回时。"

三、宋陈鹄《西塘集》、《耆旧续闻》卷三：蔡绦作《西清诗话》载江南李后主《临江仙》，云围城中书，其尾不全。以余考之，殆不然。余家藏李后主《七佛戒经》及杂书二本，皆作梵叶，中有《临江仙》涂注数字，未尝不全。其后则书李太白诗数章，似平日学书也。本江南中书舍人王克正家物，后归陈魏公之孙世功君懋。余，陈氏婿也。其词云："樱桃落尽春归去"（下略）。后有苏子由题云："凄凉怨慕，真亡国之声也。"

四、明顾起元《客座赘语》卷五：李后主在围城中犹作长短句，未就而城破。其词云"樱桃落尽春归去（略），"……其词是《临江仙》，凄婉有致。

五、清谭献《谭评词辨》卷二："炉香"三句，疑出续貂。

六、清陈廷焯《词则·别调集》卷一：低回留恋，宛转可怜。伤心语，不忍卒读。

又陈廷焯《云韶集》卷一：凄凉景况曲曲绘出，依依不舍，煞是可怜。读者为之伤心。

七、俞陛云《唐五代两宋词选释》：宣和御府藏后主行书二十有四纸，中有《临江仙》词，按昇州被围一年之久，词中所云门巷人稀，凄迷烟草，想见吏民星散之状，宜其低回罗带，惨不成书也。

八、梁启勋《词学》下篇：真可谓亡国之音，又极含蓄蕴藉之致。

乌夜啼①

　　昨夜风兼雨，帘帏飒飒秋声②。烛残漏滴频欹枕③，起坐不能平。　　　世事漫随流水，算来一梦浮生④。醉乡路稳宜频到⑤，此外不堪行。

【注释】

①乌夜啼：唐教坊旧曲。后主借旧曲名，翻作新声。后主词中另有《乌夜啼》二首，与此首格调迥异，盖源自清商曲者。分明不同词牌，混淆未便。今本另二首《乌夜啼》，改用名《相见欢》或《忆真妃》。

②帘帏：帘为遮窗之物，以竹织成。帏是用布做成的帐幕。此处"帘帏"作一词用。飒飒（sà）：象声词，风雨的声音。

③漏滴：古人计时，用铜壶盛水，底穿一孔，使水缓缓滴落。壶中插一箭标。上刻度数，可依水滴多少计时。另本"漏滴"作"漏断"亦可。频：屡次，时常。欹（qī）：倾倒，歪向一边，表示不能安枕。范仲淹《御街行》："残灯明灭枕头欹，谙尽孤眠滋味。"

④浮生：表示人生无定，《庄子·刻意》："其生若浮，其死若休。"李白《春夜宴桃李园序》："浮生若梦，为欢几何。"

⑤醉乡：醉中的境界。《唐书·王绩传》：绩著《醉乡记》，以次刘伶《酒德颂》。

【讲解】

　　这首词写尽后主李煜降宋后生活实况和囚居心境，俞陛云评曰："写牢愁之极致。"

　　上片，以淡笔直白，写夜半实况："昨夜风兼雨，帘帏飒飒秋声。"这是说，囚居不见天日，不得安宁，窗外秋风秋雨，满耳飒飒秋声。"烛残漏滴频欹枕，起坐不能平。"这是说，室内惟有孤灯残漏为伴，卧床辗转，不能安枕。想他身为国主，却是一个文人雅士；这时一旦被驱出笙歌醉梦的人间胜境，被掷入孤独向夜的北地囚室。这样的从未曾有过的环境，迫使他不得不面对现实，丢掉幻想。他的思想天地狭窄有限，怎能找到自己活着的价值和摆脱困境的出路。他对自己一向贪生怕死悔恨交加：强敌侵境时不作反抗的准备，敌兵进宫时失去自焚的决心，屈辱降宋时没有自尽了却生命。这时，他痛苦地看到自己的恐惧苟活和侥幸心理十分可鄙。长夜无眠，在这等待宰割的前夕，好难经受啊！

下片，词意一转，似乎寻出解脱的出路了："世事漫随流水，算来一梦浮生。"可怜的李煜在生死之际仍然不知如何审判自己，他绝做不出清醒的人生总结。这两句话不过了遮掩自己的懦弱，麻痹自己的神经而已。一如阿Q杀头前的一点自我安慰。结尾更加无力："醉乡路稳宜频到，此外不堪行。"这时要有点酒喝喝倒好，喝酒稳当，不会招祸，忘记牢愁。后主的才情绮思都哪里去了？后主词一贯落笔神秀，用意象达意，这里半阕词，文字呆滞，词意拙劣，真是败笔，如这首词，若有人以为有"释迦基督担负人类罪恶之意"，恐怕未能见许吧。

【辑评】

一、俞陛云《唐五代两宋词选释》：此调亦唐教坊曲名也。人当清夜自省，宜嗔痴渐泯，作者辗转起坐不平。虽知浮生若梦，而无彻底觉悟。惟有借陶然一醉，聊以忘忧。此问若出于清谈之名流，善怀之秋士，便是妙词。乃以国主任兆民之重，而自甘颓弃，何耶？但论其词句，固能写牢愁之极致也。

二、唐圭璋《屈原与李后主》：亦写足人生之烦闷。夜来风雨无端，秋声飒飒，已令人愁绝；何况烛残漏滴之时，伤感更甚。"起坐不能平"一句，写出辗转无眠之苦来。下片回忆旧事，不堪回首。人世茫茫，人生若梦，无乐可寻，无路可行。除非一醉黄昏，或可消忧。不然无时无地不苦闷。此种厌世思想，与佛家相合。

又，唐圭璋《唐宋词简释》：此首由景入情，写出人生之烦闷。夜来风雨无端，秋声飒飒，此境已令人愁绝；加之烛又残，漏又断，伤感愈甚矣。"起坐不能平"句，写尽抑郁塞胸，辗转无眠之苦。换头，承上抒情，言旧事如梦，不堪回首。末两句，写人世茫茫，众生苦恼，尤为沉痛。后主词气象开朗，堂庑广大，悲天悯人之怀，随处流露。王静安谓："道君（指宋徽宗）不过自道身世之戚，后主则俨有释迦、基督担荷人类罪恶之意。"其言良然。

虞美人

风回小院庭芜绿①，柳眼春相续②。凭栏半日独无言，依旧竹声新月似当年③。　　笙歌未散尊罍在④，池面冰初解。烛明香暗画楼深，满鬓清霜残雪思难任⑤。

【注释】

①庭芜：芜，草。庭芜，庭院里的草。诗词中往往芜柳并提。古诗："青青河畔草，郁郁园中柳。"五代冯延巳《蝶恋花》："河畔青芜堤上柳。"

②柳眼：柳芽之初舒者曰柳眼。《岁华纪丽》："柳眼桃金。"唐元稹《寄浙西李大夫》四首之一："柳眼梅心渐欲春。"唐李商隐《二月二日》："花须柳眼各无赖，紫蝶黄蜂俱有情。"春相续：庭草先绿，稚柳继黄，是为春光相续。

③竹：古乐八音之一，指竹制管乐器；箫、管、笙、笛之类。竹声，竹制管乐器发出的声音。

④尊罍（léi）：尊，酒杯，罍，酒器。形状像壶，小口，广肩，深腹，有盖。肩部有一对环耳，腹下有一鼻可系。另本"尊罍"作"尊前"，指"酒筵"，亦通。

⑤清霜残雪：形容两鬓苍苍如霜雪。难任：难以承受，难堪。一本作"难禁"，意同。

【讲解】

这首词应作于李煜亡国之后，宋太祖开宝九年（976年）正月，李煜打了败仗，失去属国君主的地位，离开江南、宫廷，后妃、臣子由战胜军带到汴京（今河南开封），当了宋王朝的俘虏。宋太祖恼他有过反抗，封他为违命侯，以示惩戒。十月太祖死，太宗即位。十一月，改封李煜为陇西郡公，赐第囚居，两年之间，李煜与旧臣、后妃难得相见，行动言论没有自由，笙歌筵宴都歇，有时贫苦难言。在屈辱和严酷的环境下，他只有以泪洗面，以血写词了。太平兴国三年（978年）七月，他因七夕庆生日，召故使作乐歌词，声闻于外。太宗怒其歌心怀怨声，立赐牵机药于酒中，将他毒毙，一代旷世词人，因词得祸，死于非命，年仅四十一岁。

李煜《虞美人》词共二首，但亦未必同时而作。此首情文悱恻，今昔对比。另首（春花秋月何时了）感情炽烈，语辞决绝，都堪称血泪倾诉。另首招来杀身之祸。千载而下，脍炙人口。

本词描写亡国前后对比，景物依旧，人事全非。上片，有限春光的实景和无限凄凉的心境形成尖锐、鲜明的对照："风回小院庭芜绿，柳眼春相续。"春风回来了，吹绿了庭院中的小草，吹醒了抽芽开眼的柳条，即令是小小寂静的庭院，也荡漾着春日的生机与希望，歌唱着生命的复苏和延续。然而，小院的主人却是个毫无指望的囚徒，他怎样答对春天的感召呢？"凭栏半日独无言"，他倚着阑干，一个人，从早到晚，仍是一个人，无人共话，也无话可说。结束长句，凄韵欲流："依旧竹声新月似当年。"春光在眼，不能引发他吟唱的生趣，只能牵动他到昔日的梦中，因为他只有过去，没有未来。浓郁春景，烂漫春光，再不属他所有，只余旧时月色，何处箫声，留给他依稀回忆，李煜唱道："往事只堪哀，对景难排。"（《浪淘沙》）怕也是本词上片的诠释吧。

过片以下，展示忆念的虚景，结尾陡转现实。又是一个今与昔的鲜明对比。"笙歌未散尊罍在，池面冰初解。"当年由于"寻春须是先春早，看花莫待花枝老"（《子夜歌》），所以池水才刚融解，迎接春天的歌舞筵宴早已准备下了，他不愿回顾春宴时的无穷享受："笙箫吹断水云间，重楼霓裳歌彻遍。"（《玉楼春》）却仍旧留恋那舞罢歌歇之后"烛明香暗画楼深"的缠绵时刻。春夜，香印成灰，烛明代月，画楼春深，君王心醉。忽然，词人陡地从回忆中惊醒，回到可悲的现实，回到自己的难堪处境。这时只有长恸了："满鬓清霜残雪思难任。"看看满鬓霜雪，哪里还有春光？再无笙歌醉梦，只有一个过早衰老的囚徒。他经受的巨变和打击，哪是一个充满矛盾的弱者所能承当和负荷的呢！

小词以血泪写成，最能直接摄取读者的感发与同情。上、下片结构自然，今昔相映，两个九字长句，诉得真切，生香真色，称之为"绝调"、"神品"，也不为过。

【辑评】

一、明沈际飞《草堂诗馀续集》卷下：此在汴京忆旧乎？华疏采会，哀音断绝。

二、明卓人月《古今词统》卷八：徐士俊云此君"花明月暗"之外，更有"烛明香暗。"

三、清谭献云："二词（指此阕及"春花秋月"一阕）终当以神品目之。"又云："后主之词，足当太白诗篇，高奇无匹。"（徐珂《历代词选集评》引）

四、俞陛云《唐五代两宋词选释》：五代词句多高浑，而次句"柳眼春相续"及上首《采桑子》之"九曲寒波不溯流"，琢句工炼，略似南宋慢体。此词上、下段结句，情文悱恻，凄韵欲流。如方干诗之佳句，乘风欲去也。

五、俞平伯《读词偶得》：后主之作，多不耐描写外物。此却以景为主，写景中情，故取说之。虽曰写景，仍不肯多用气力，其归结终在于情怀。环诵数过，殆可明了，实写景物，全篇只首二句。李义山诗："花须柳眼各无赖。""柳眼"佳，"春相续"更佳。似春光在眼，无尽连绵。于是凭阑凝睇。惘惘低头，片念俄生，即所谓"竹声新月似当年"也。以下立即堕入忆想之中，玩"柳眼春相续"一语，似当前春景艳浓浓矣，而忆念所及，偏在春光，姿态从平凡自然之间逗露出狡狯变幻来，截搭却令人不觉。其脉络在"竹声新月"上，盖"竹声新月"，固无间于春光之浅深者也。拈出一不变之景，轻轻搭过，有藕断丝牵之妙。眼前春物昌昌，只风回小院而已，春芜绿柳而已，其他不得着片语，若当年，虽坚冰始泮，春意未融，然已尊罍也，笙歌也，香烛也，画堂也，何其浓至耶？春浅如此，何待春深，春深其可忆耶。虚实之景，眼下心前，互相映照，情在其中矣。结句萧飒憔悴之极，毫无姿态，如银瓶落井，直下不回。古人填词，结语每拙。况蕙风标举"重、拙、大"三字，鄙意惟"拙"难耳。

又，俞平伯《唐宋词选释》："当年"引下片回忆境界，早春光景。实景与所忆不必同，借"竹声新月"逗入，是变幻处。

六、唐圭璋《唐宋词简释》：此首忆旧词，起点春景，次入人事。风回柳绿，又是一年景色。自后主视之，能毋增慨。凭阑脉脉之中，寄恨深矣。"依旧"一句，猛忆当年今日，景物依稀，而人事则不堪回首。下片承上，申述当年笙歌饮宴之乐。"满鬓"句，勒转今情，振起全篇。自摹白发穷愁之态，尤令人悲痛。

破阵子

四十年来家国①，三千里地山河②。凤阁龙楼连霄汉③，玉树璃枝作烟萝④。几曾识干戈⑤。　　一旦归为臣虏，沈腰潘鬓消磨⑥。最是仓皇辞庙日⑦，教坊犹奏别离歌⑧，垂泪对宫娥⑨。

【注释】

①四十年：南唐自公元 937 年开国，至公元 975 年为北宋所灭，近四十年。

②三千里地：南唐国土共 35 州之地，方圆三千里。五代时号为大国。

③凤阁龙楼：指帝王所居的楼阁宫殿。"凤阁"另本作"凤阙"。霄汉：霄，云霄。汉：天河。"霄汉"两字连用指高空。

④玉树璃枝：指嘉树美卉。璃，同琼。烟萝：指烟聚萝缠，草树茂密，萝，即莪，蔓生野草。

⑤干戈：干，盾牌。戈：横刃。干戈：兵器的通称。这里引申指战争。宋王安石《何处难忘酒》诗之一："赋敛中原困，干戈四海愁。"

⑥沈腰：形容腰围减损。《梁书·沈约传》：沈约不得志于朝，他与徐勉交好，遂陈情于勉，谓已老病，百日数旬，革带常应移孔。以手握臂，率计月小半分。欲谢事求归老之秩。后因把"沈腰"作为腰围瘦减的代词。潘鬓：形容头发斑白。潘岳《秋兴赋》："斑鬓发以承弁分。"又《秋兴赋序》："余春秋三十二，始见二毛。"后因把"潘鬓"作为鬓发斑白的代词。消磨：消耗。宋刘子翚《出郊》诗："平生豪横气，未老半消磨。"

⑦仓皇：匆忙而慌张。庙：庙指宗庙。古代帝王祭祀祖先处所。

⑧教坊：管理女乐的官署。唐初设置掌理宫廷音乐的官署于宫禁中，唐玄宗更置内教坊于蓬莱宫；京教置左、右教坊。

⑨宫娥：宫女。隋炀帝有宫娥数千人迎侍。(《隋遗录》)李后主宫娥名字，现可考见的有黄保仪、流珠、乔氏、庄奴、薛九、宜爱、意可、窅娘、秋水、小花蕊等。(夏承焘《南唐二主年谱》)

【讲解】

李煜失国酿成最大的悲剧，这样的大不幸不能不影响他的词风。这一首词使我们看到他已为词的发展形成一种新的风格。就是摆脱词的传统题材，剖白自己的灵魂；以赋体述事实，屏除比兴寄托；语言真切，不假修饰。这首词看不见冯延巳、李璟对李煜的影响，只表现李煜独特的美，"乱头粗服，不掩国色"。后来北宋的范仲淹写《渔家傲》（塞下秋来）；苏东坡写《江城子》（十年生死）；李清照写《声声慢》（寻寻觅觅），抒情写意，专学此种风格。

本词上片追昔，下片抚今，写李煜失国离家之恨，当是入宋为虏后所作。开头两句，写得气势沉雄，语言悲壮："四十年来家国，三千里地山河"。为什么后主在以前的词内，从来写不出这样的气势的词来？因为他沉湎于繁华的醉梦中，从没有认真考虑过祖先创业之艰难，江南土地之富美。只有在他失去这一切的时候，他才感觉到这一切之重要和可贵。在他诞生时代，赶上祖父建立江南大国，称王称霸，显赫一时，他的父亲不会用兵，只会作词，将江山失去一半。轮到他，更不懂治国恤民，不知吸取正、反教训，把江山全部失去。现在，今与昔比，才开始体会到破国亡家的苦涩味道。"凤阁龙楼连霄汉，玉树璚枝作烟萝"，又是一副联对，描述贵为国主的李煜的室家生活。他住在雕龙刻凤的楼阁宫殿之中，拥于山水丛林、嘉木美卉之境，物质上享受帝王的豪华生活，精神上向往居烟萝乡、做仙人梦的隐士。两个对联道尽昔日，下面一个五字单句是一个有力的挫跌："几曾识干戈?"我怎么懂得如何打仗呀！这句话实在天真可笑，但因他招供得老实，又令人觉得可叹可怜。李煜即位后，不敢正视现实，国家大事所托非人，大臣徐铉去宋廷求和，只会夸耀后主有才，忍让称臣纳贡，后主连应宋主的邀召都不敢。宋太祖已经说了卧榻旁不容他人酣睡的警告，徐铉并没有规劝后主励精图治备战保国。宋军围城一年，国贼樊若水向宋献策造浮桥过江。大臣还瞒哄后主说，书上从没听说过有造桥渡江的事。"几曾识干戈"是一句呆话，但同时血泪俱下，这时的李煜愧悔无地，略有憬悟。

下片抚今，"一旦归为臣虏，沈腰潘鬓消磨。""一旦"有匆迫之意，与"四十年"、"三千里"遥遥对应，失去的何其悲重；刹那间一切成空。此刻性命难保，还敢发牢骚么。最保险的话是腰围减了，鬓发白了。后主写这首词时，为俘虏光景不到一年，怎么容颜变得这么快！这里头自然话中有话，话中有泪，词到最后，李煜拈出使他最为痛苦的一段回忆场景："最是仓皇辞庙日，教坊犹奏别离歌，垂泪对宫娥。"宋军打破宫门的前夕，后主当然惶怖万状，但他还下诏堆集柴木，准备自焚，然而他做不到。第二日就素衣自缚，奉表投降了。当他战战兢兢，被人扶上搭板，上了宋船，曹彬没有侮辱他，却温言对他，让他回去收拾衣物，带着随从，次日随宋军北上。他存着免死的侥幸心理，仓皇辞庙，耳边听着教坊的离曲，眼前对着左右的宫女，垂下泪来。这时的他，才彻底明白自己是懦夫，不得不承认自己的毫无价值。这一场景的回忆，说明他的深深自责，结束了他的一番今与昔、荣与辱的对比叙述。苏东坡观见此词云："后主既为樊若水所卖，举国与人。故当恸哭于九庙之外，谢其民而后行。顾乃挥泪宫娥、听教坊离曲哉！"（《东坡志林》）这话诚然，但有人因此怀疑本词不是后主所作。这个怀疑令人不敢苟同，后主生于深宫之内，长于妇人之手。生性懦弱，不知治国，国难之际，臣子各顾自己身家性命，百姓远离宫廷，对国主朝臣恨骂还不够，还会给他送行么，辞庙时听教坊离曲，对宫娥垂泪，正是事实。后主的词，也不可能是另外一种样子的。

【辑评】

一、宋苏轼《跋李主词》（见《东坡志林》）卷四："三十馀年家国……"后主既为樊若水所卖，举国与人。故当恸哭于九庙之外，谢其民而后行。顾乃挥泪宫娥，听教坊离曲哉。

二、宋洪迈《容斋随笔》卷五：东坡书李后主去国之词云："最是仓皇辞庙日，教坊犹唱别离歌，挥泪对宫娥。"以为后主失国，当恸哭于庙门之外，谢其民而行，乃对宫娥听乐，形于词句。予观梁武帝启侯景之祸，涂炭江左，以至覆亡，乃曰："自我得之，自我失之，亦复何恨？"其不知罪己，亦甚矣。窦婴救灌夫，其夫人谏止之，婴曰："侯自我得之，自我捐之，无所恨。"梁武帝用此言而非也。

三、宋袁文《瓮牖闲评》卷五：苏东坡记李后主去国词云："最是仓皇辞庙日"，（下略）以为后主失国，当恸哭于庙门之外，谢其民而后行，乃对宫娥听乐，形于词句。余谓此决非后主词也，特后人附会为之耳。观曹彬下江南时，后主预令宫中积薪誓言："若社稷失守，当携血肉以赴火。"其厉志如此。后虽不免归朝，然当是时更有甚教坊，何暇对宫娥也。

四、清尤侗《西堂杂俎》一集卷八：东坡谓后主既为樊若水所卖，举国与人，故当恸哭于九庙之外，谢其民而后行，何仍挥泪对宫娥，听教坊离曲？然不独后主然也。安禄山之乱，明皇将迁幸。当是时，渔阳鼙鼓惊破霓裳，天子下殿走矣，犹恋恋于梨园一曲，何异挥泪对宫娥乎？后主尝寄旧宫人书云："此中日夕只以眼泪洗面。"而旧宫人入掖庭者手写佛经为李郎资福，此种情况，自是可怜。乃太宗以"小楼昨夜又东风"置之死地，不犹炀帝以"空梁落燕泥"杀薛道衡乎。

五、清毛先舒《南唐拾遗记》：案此词或是追赋。倘煜是时犹作词，则全无心肝矣。至若挥泪听歌，特词人偶然语。且据煜词，则挥泪本为哭庙，而离歌乃伶人见煜辞庙而自奏耳。

六、清王士祯原编《五代诗话》卷一引《希通录》：项羽夜闻汉军四面皆楚歌，泣数行下。歌曰："力拔山兮气盖世，时不利兮骓不逝。骓不逝兮可奈何，虞兮虞兮奈若何。"《东坡志林》载李后主去国之词云："四十年来家国。"（下略）东坡谓后主当恸哭于九庙下，谢其民而行，却乃挥泪宫娥，听教坊离曲哉。歌辞凄怆，同归一揆。然项王悲歌慷慨，犹有喑呜叱咤之气；后主直是养成儿女态耳。

七、清梁绍壬《两般秋雨庵随笔》卷二："讥之者曰仓皇辞庙，不挥泪于宗社而挥泪于宫娥，其失业也宜矣，不知以为君之道责后主，则当责之于垂泪之日，不当责于亡国之时。若以填词之法绳后主，则此泪对宫娥挥为有情，对宗社挥为乏味也。此与宋蓉塘讥白香山诗谓忆妓多于忆民，同一腐论。

八、唐圭璋《唐宋词简释》：此首后主北上后追赋之词。上片，极写江南之豪华，气魄沉雄，实开宋人豪放一派。换头，骤传被虏后之凄凉，与被虏后之憔悴。今昔对照，警动异常。"最是"三句，忽忆当年临别时最惨痛之事。当年江南陷落之际，后主哭庙，宫娥哭主，哀乐声，悲歌声，哭声合成一片，直干云霄。宁复知人间何世耶。后主于此事，印象最深。故归汴以后，一念及之，辄为肠断，论者谓此词凄怆，与项羽拔山之歌，同出一揆。后主聪明仁恕，不独笃于父子、昆弟、夫妇之情，即臣民宫娥，亦无不一体爱护。故江南人闻后主死，皆巷哭失声，设斋祭奠。而宫娥之入掖庭者，又手写佛经，为后主资冥福，亦可见后主感人之深矣。

望江梅①二首

闲梦远，南国正芳春②。船上管弦江面渌③，满城飞絮辊轻尘④。忙煞看花人。

闲梦远，南国正清秋⑤。千里江山寒色远⑥，芦花深处泊孤舟⑦。笛在月明楼⑧。

【注释】

①《望江梅》：又名《望江南》、《忆江南》。唐时此调为单调、二十七字。李煜用这一词牌写了四首词：两首名《望江梅》，是联章，首句相同。另两首名《望江南》，也是联章，首句有异。《全唐诗》统一调名，并将二首合一。今依原格律仍分为二首。

②芳春：即春天。春季花盛，故以"芳"字形容。唐陈子昂《送东

菜王学士无竞》诗："孤松宜晚岁，众木爱芳春。"

③管弦：管乐器（箫、笛）与弦乐器（琴、瑟）。管弦亦泛指乐器。唐王建《调笑令》词："玉容憔悴三年，谁复商量管弦。"渌（lù）：很清的水。另本作"绿"亦是。

④飞絮：飞扬的柳絮。辊（gùn）：同滚，很快地滚动。另本作"混"。轻尘：车马过后扬起的尘土。唐王维《送元二使安西》："渭城朝雨裛轻尘。"

⑤清秋：秋天。秋高气爽，故以"清"字形容。唐杜甫《宿府》诗："清秋幕府井梧寒，独宿江城蜡炬残。"

⑥寒色：天寒时自然界景物的颜色。唐宋之问《题张老松树》诗："日落西山阴，众草起寒色。"

⑦芦花：芦絮，芦苇花轴上密生的白毛。隋江总《赠贺左丞萧舍人》诗："芦花霜外白，枫叶水前丹。"泊：船停附于岸。

⑧月明楼：有明月相照的楼台。唐张若虚《春江花月夜》诗："谁家今夜扁舟子，何处相思明月楼。"

【讲解】

两首《望江梅》当是同时所写。它们是联章体。一首写江南之春，一首写江南之秋，它们写在李煜亡国之后。那时他已身为俘虏，囚居汴京才开始憬悟，往事不堪回首，悲喜概为一梦。为此，在词的开端，以"闲梦远"三字作引。"梦"则是全词之眼。李煜回忆故国，从繁华兴旺跌向烟消云散，宛如一梦。李煜寄故国之思，以"闲"字说明梦幻之由，"闲"这里的意思是闲得无聊，闲得无奈；不是悠闲自在，或等闲一梦，李煜知道江南再无逢期，所以以"远"字见意。江山易主，不是路途遥远，而是今生难得再见，"闲梦远"三个字，把回忆往事的痛苦都流露出来了，笔下越是淡漠，悲哀越是深沉。

两首回忆，抓住江南两个季节。前首是南国之春，情调轻快，色调温暖。后首是南国之秋，情调凄清，色调寒冷。这是服从于真实感的写法。他的幻梦和回忆，有美好的一面，有黯淡的一面，但不管哪一面，都是令人难堪的，痛苦的。

前一首忆江南之春，"南国正芳春"。为什么以一"芳"字形容春天？因为最能装点春之魅力的是花，花容万紫千红，各有姿态，使人赏心悦目。

花香浓郁清远，缕缕依人，沁人心脾，点出"芳香"，便显现出缭乱迷醉的春景。下面词人以具体事物演说"芳春"：第一幅场景在春江："船上管弦江面渌。"梦忆飞到江南的秦淮河，那里的画舫如鲫，游人如织。春江碧清的水面承受着小船上的上下灯火和笑语声喧。回荡在空间和水面的是美妙的管弦细乐。第二幅场景在春城："满城飞絮辊轻尘。"不说千条万条的春风杨柳，只写无处不飞的柳絮杨花，不说城中来来往往的行人游客和车水马龙，只写他们的足迹扬起的地上浮尘。最后明写江南的人，他李煜丢下的子民："忙煞看花人。"这句话倒有些痴人说梦，和他在《破阵子》词中一句"几曾识干戈"有异曲同工之妙。读李后主词，见识到他的纯朴天真处，不免想到他真有几分呆气，江南百姓都有那么高的游春兴致么！总之，他把江南春景回忆得越繁华热闹，越能衬托他当时的孤寂和难堪以及他对失去的江南春景和臣民的眷恋和怅望。

后一首忆江南之秋："南国正清秋。"为什么用"清"字形容秋天？最能概括秋天的是秋天景色的清明和秋天气候的清爽。且看词人捕捉的两幅秋景，第一个景点是远景："千里江山寒色远。"寒色，就是一望无际的秋色。南国千里江山笼罩在一带秋色里，眼前远眺的人也一样瑟缩在秋的氛围中。"寒色远"的"远"字，在如此小的词中重了韵，但这是词人随情信笔，无暇及此，这个"远"字含意对他说深切之至，我们不该以此为疵病。第二个景点是近景："芦花深处泊孤舟。"秋意袭人的瑟瑟芦花，在江边点缀着秋景。有一只孤独的小舟，停泊在芦花深处，景在江南，恰与北国的词人对照。他何尝不似一叶孤舟，在人生的浅岸停泊，深藏在芦花丛里，寂寞又悲凉。结以一幅夜景的深秋的情调："笛在月明楼。"楼台、笛声、月色，现出凄清的自我，他不仅被秋寒侵袭，为秋获深藏，还被故乡的月色、熟谙的笛声所触感。环境如此寒凉，心情如此清冷，秋怀渺渺，梦何以堪。

不过是两首小令，后主用梦忆写出，虚景实景融合为一，写得如画、如诗、如梦幻、如写真，既有概括性，又有精细处，深被后人吟诵观止。

【辑评】

一、清陈廷焯《词则·别调集》卷一：寥寥数语，括多少景物在内。

二、唐圭璋《李后主评传》：又有《望江梅》两首，一首写江南春时的境界，一首写江南秋时的境界。写江南的芳春，水绿花繁，正与白居易《忆江南》词"日出江花红似火，春来江水绿如蓝"相同。写江南的清秋，则是一幅山水平远的图画。

又唐圭璋《唐宋词简释》：此首写江南春景。"船上"句，写江南春水之美，及船上管弦之盛。"满城"句，写城中花絮之繁，九陌红尘与漫天之飞絮相混，想见宝马香车之喧，与都城人士之狂欢情景。末句，揭出倾城看花，亦可见江南盛时上下醋嬉之状。

此首写江南秋景，如一幅绝妙图画，"千里"句，写秋来江山之寥廓，与四野之萧条。"芦花"句，写远岸芦花之盛，与孤舟相映，情景兼到。末句，写月下笛声，尤觉秋思洋溢，凄动于中。孤舟，见行客之悲秋；笛声，见居人之悲秋。张若虚诗云："谁家今夜扁舟子，何处相思明月楼"亦兼写行客与居人两面。后主词，正与之同妙。

望江南^①二首

多少恨，昨夜梦魂中^②，还似旧时游上苑^③，车如流水马如龙^④，花月正春风^⑤。

多少泪，断脸复横颐^⑥。心事莫将和泪说，凤笙休向泪时吹^⑦，肠断更无疑。

【注释】

①《望江南》：原名《谢秋娘》，乃唐李德裕为谢秋娘而作。后白居易作此调，末句云："能不忆江南？"因改名《忆江南》。又刘禹锡词首句为"春去也"，因名《春去也》。又皇甫松有"闲梦江南梅熟日"句，复名《梦江南》、《望江梅》。单调，联章二首，同时所制。

②梦魂：古人以为人的灵魂在睡梦中能离开肉体，故称梦魂，唐刘希夷《巫山怀古》诗："颓想卧瑶席，梦魂何翩翩。"

③上苑："上林苑"之简称，古代帝王游猎的场所，其中饲养禽兽，种植林木。这里恐指南唐的御花园。

④车如流水马如龙：形容车马络绎不绝，表示游乐盛况。来自《后汉书·皇后纪》"马后诏：车如流水，马如游龙。"唐苏颋《夜宴安乐公主新宅》七绝，首句相同。

⑤花月：花和月，泛指美好的景色。唐王勃《山扉夜坐》诗："林塘花月下，别似一家春。"

⑥断脸复横颐：指眼泪纵横交流的状态，颐：脸颊。

⑦凤笙：相传萧史、弄玉吹箫，箫声引凤。后人便以"凤"字形容笙箫。笙，长四寸，十二簧，笙箫同为细乐器，唐韩愈《谁氏子》诗："或云欲学吹凤笙，所慕灵妃媲萧史。"

⑧肠断：即断肠，极度悲痛的具体形容。白居易《长恨歌》："行宫见月伤心色，夜雨闻铃肠断声。"

【讲解】

这里两首《望江南》与前两首《望江梅》一样，都是后主入宋以后、追恋故国之作。虽属两个联章，篇篇各尽其妙。李煜词笔，挥洒自如，以寥寥五句，写人间大悲剧；以昔时之荣盛反托今日之凄凉。凭着他的高度艺术技巧，把重温旧梦的一腔悲恨，表露得隐而实显，浅而深致。

《望江南》第一首堪称四篇之冠，陡然三字："多少恨！"领起全篇，令人惊悚，"昨夜梦魂中"，原来悲恨之源来自昨夜一梦。什么梦境使他受那么大的刺激和悲恨呢？"还似旧时游上苑，车如流水马如龙，花月正春风。"原来梦境是实境，昔日的繁华鼎盛在梦中重现，使梦醒后的李煜格外痛苦，乃至恨声不绝。先以"还似"二字导引，接着一片神行，直贯而下，不可遏止，无处可顿。当年游乐御苑，凤舆鸾驾，香车宝马，随从列队，宫女如云，上下兴致甚浓，四面花月春风。"车如流水马如龙"一句，袭用成语，浑然天成。李煜以后，宋人多效此种技巧。如晏几道之"落花人独立，微雨燕双飞"（《临江仙》），使翁宏诗句，倍增声色；辛弃疾的"生子当如孙仲谋"（《南乡子》），以曹操语为自己的怀古词点睛，自然贴切。"花月正春风"五字结语，概括了繁华生活的昔日，下面咽住，词尽而意未尽。陈廷焯说得好："后主词一片忧思，当领会于声调之外。"（《别调集》）

《望江南》第二首似较前首稍逊，因为它是正面写悲痛，还不如从反面托出有力，有深度。但若把四首包括《望江梅》放在一起吟诵，以此为末篇结束，未尝不妥。这首以一种现象领起题旨："多少泪，断脸复横颐。"这泪流得纵横满面，难止难歇。记得后主入宋后，曾给金陵旧宫人带信说："此中日夕，只以眼泪洗面。"用这首词印证，可见真实。词写得真实，就能感人。下面往深里说，有两个方面："心事莫将和泪说。"做一个强悍的敌国的囚徒，时时难免杀身之祸，可怜的后主恐怕只有流泪的这一点点自由了。心里的"多少恨"如何能泄露？当年他亲信的老臣徐铉，奉宋主之命，来窥探他的言语举动，李煜坚持待徐铉以主客之礼，以代替过去的君臣之礼。然后二人相对，后主不发一言，良久，他实在憋不住了，一声长叹，冒出一句："当时悔杀了潘佑、李平。"这句话当然是对徐铉委婉的谴责，因为这两个人是朝中的主战派，而徐铉是被后主亲信的主和派。不幸后主这一句话也被徐铉告知了他的新主子宋太宗，太宗窥知了后主的悔恨心理，便对他起了杀心。小词再深一层："凤笙休向泪时吹，肠断更无疑。"笙箫的触动更会使心上的悲苦变得格外尖锐、浓烈，假如人在流泪时音乐之声触动心弦，那就无疑要肠断了，诗词中"肠断"或"断肠"是形容悲苦最真切、最具体的字眼。唐明皇的"夜雨闻铃肠断声"（白居易《长恨歌》）；苏东坡的"料得年年肠断处，明月夜，短松冈"（《江城子》）等等。李煜小词，从流泪始，到断肠终，烘染了写这几组忆梦词的真实心境。

【辑评】

一、明杨慎《词品》卷二：唐词"眼重眉褪不胜春"。李后主词"多少泪，断脸复横颐"。元乐府"眼馀眉剩"，皆祖唐词之语。

二、清陈廷焯《词则·别调集》卷一：后主词一片忧思，当领会于声调之外，君人而为此词，欲不亡国得乎？

三、俞陛云《唐五代两宋词选释》：此词在唐时为单调，至宋时为双调，后主词本单调两首，故前后段各自用韵。"车水马龙"句为时传诵。当年之繁盛，今日之孤凄，欣戚之怀，相形而益见，两首意本一贯也。

四、刘永济《唐五代两宋词简析》：此二首为李煜降宋后作。前首因梦昔时春游苑囿车马之盛况，醒而含恨。后首乃念旧宫嫔妃之悲苦，因而作劝慰之语，故曰"莫将"、"休向"，更揣其时必已肠断，故曰"更无疑"。后主已成亡国之"臣虏"，乃不暇自悲而慰人之悲，亦太痴矣。昔人谓后主亡国后之词，乃以血写成者，言其语语真切，出自肺腑也。

五、唐圭璋《李后主评传》：往事重温，惟有在片刻的梦中，此词"还似"二字直贯到底，写出当年春二三月宝马香车的盛况。

又唐圭璋《论词作法》：梦中盛况，只用"还似"绾住，灵动异常。

又唐圭璋《唐宋词简释》：此首（多少恨）忆旧词，一片神行，如骏马驰坂，无处可停。所谓"恨"，恨在昨夜一梦也。昨夜所梦者何？"还似"二字领起，直贯以下十七字，实写梦中旧时游乐盛况。正面不著一笔，但以旧乐反衬，则今之愁极恨深，自不待言，此类小词，纯任性灵，无迹可寻，后人亦不能规摹其万一。

此首（多少泪）直揭哀音，凄厉已极。诚有类夫春夜空山，杜鹃啼血也。断脸横颐，想见泪流之多。后主在汴，尝谓此中日夕，只以眼泪洗面，正可与此词印证。心事不必再说，撇去一层；凤笙不必再吹，又撇去一层。总以心中有无穷难言之隐，故有此沉愤决绝之语。"肠断"一句，承上说明心中悲哀，更见人间欢乐，于己无分，而苟延残喘，亦无多日，真伤心垂绝之音也。

相见欢①

林花谢了春红②，太匆匆。无奈朝来寒雨晚来风。胭脂泪③，留人醉④，几时重⑤。自是人生长恨水长东⑥。

【注释】

①《相见欢》：五代薛昭蕴曾填此调，名《相见欢》。宋时此调名《乌夜啼》。然而和另调《锦堂春》相混，《锦堂春》亦名《乌夜啼》。今依五代名称本词《相见欢》，以免和《锦堂春》相混。此调音律极美，七句中有三字、六字、九字句。短顿兼长吟，句句有韵，五句押平韵，两句互押仄韵。

②"林花"句：俞平伯谓："唐杜甫《曲江对雨》诗：'林花着雨胭

脂湿',本词似从杜句脱化而来。"谢:凋谢。春红:春天的花朵,唐李白《怨歌行》:"十五入汉宫,花颜笑春红。"

③胭脂泪:将花拟人,把春红着雨着雨比作美人面颜上胭脂和泪。

④留人醉:一作"相留醉",同一意思。留,遗留,给以。醉:心醉,销魂。

⑤几时重:何时再得重逢,重,读平声,重复的意思。

⑥自是:自然是,必然是。

【讲解】

《相见欢》两首,都是李煜入宋后词作中之名篇,最为凄婉。是李清照在她的《词论》中特别指出的所谓"亡国之音哀以思"。

本词一不专写伤春,二不专写伤别,三不是上阕伤春,下阕伤别。内容悲慨博大,深美闳约,不止于伤春、伤别而已。李煜在他的《清平乐》词里,曾以"砌下落梅如雪乱,拂了一身还满"象征他的凋零身世;这里同样借伤春为喻,恨风雨摧花。"林花谢了春红",对这个文采风流的皇帝来说,正好用来比拟他的天堂的倾落。

上阕句式错落,一句一折。说花即是说人,"林花谢了春红",这对词人毕竟是此生最大的震动。因此才有下面"太匆匆"的大声喟叹,和"无奈朝来寒雨晚来风"的满腔怨恨。"谢了"是完成式词句,"了"即"完了",加重语气。"春红"象喻美好的时光,美好的颜色。"太匆匆"是口语,口吻传神,悲叹繁华的昔日不过一瞬。"朝来寒雨晚来风",痛感风雨骤至的侵袭。"朝来"和"晚来",叠字衔联,极写轮番的无情风雨,交加的残酷迫害。"无奈"二字流露词人的懦弱性格,他丝毫没有力量、办法、信心,挽回花的、人的命运。上阕结句,宛转回环,极阴柔之美。

上阕长短三句,自然淋漓,一句一折,一气贯下。下阕三个短句,承接上阕,又是一句一折,一气贯下,"胭脂泪",浓缩地描画了经风着雨的"春红"的一副惨淡的样子,既有概括,又有形象。"留人醉",人和花如此被摧残、蹂躏,不能不遗下沉醉与迷恋、愁恨与哀思,想不开,撂不下。"几时重",难道还有花返故枝、人归故土的一天吗!这是愤极呼天,一声绝望的长恸。最后,抛开花事与自我,升华为对历史、自然、人生的慨叹与悲愤,以重笔收束:"自是人生长恨水长东。"勘破人生:自然流水长东,人生长恨。此刻他完全失望,再不怀疑,人生是苦海,死亡是解脱。"长恨""长东"，又一个叠字衔联，像是毫不经意，其实妙笔天成，凝重有力，富有阳刚之美。一句变徵之声是末代降王的哀国之音；这是以血书成的。所以词至后主，眼界始大，感慨遂深。王国维也说："'自是人生长恨水长东，''流水落花春去也，天上人间。'《金荃》（温庭筠集名）、《浣花》（韦庄集名）能有此气象耶！"

【辑评】

一、清谭献《谭评词辨》卷二：前半阕濡染大笔。

二、清陈廷焯《词则·大雅集》卷一：后主词凄婉出飞卿之右，而骚意不及。

三、俞陛云《唐五代两宋词选释》：后主为樊若水所卖，举国与人。词借伤春为喻，恨风雨之摧花，犹逆臣之误国，迨魁柄一失，如水之东流，安能挽沧海尾闾，复鼓回澜之力耶！

四、俞平伯《读词偶得》：调亦作《乌夜啼》，以后主词中另有《乌夜啼》，同名异实，故今题作《相见欢》。调凡五韵，上三下二，其转折处同，此调五段若一气读下，便如直头布袋，煮鹤焚琴矣。必须每韵作一小顿挫，则调情得而词情即见。词之至佳者，两者辄融会不分，此固余之前说也，得此而愈明。此词全用杜诗"林花着雨胭脂湿"，却分作两片，可悟点化成句之法。上片只三韵耳，而一韵一折，犹书家所谓"无垂不缩"，特后主气度雄肆，虽骨子里笔笔在转换，而行之以浑然元气。谭献曰："濡染大笔。"殆谓此也。首叙，次断，三句溯其经过因由，花开花谢，朝朝暮暮，风风雨雨，片片丝丝，包孕甚广。试以散文译之，非恰好三小段而何？下片三短句一气读。忽入人事，似与上片断了脉络。细按之，不然。盖"春红"二字已远为"胭脂"作根，而匆匆风雨，又处处关合"泪"字。春红着雨，非胭脂泪欤，心理学者所谓联想也。结句转为重大之笔，与"一江春水"意同，因此特沉着，后主之词，兼有阳刚阴柔之美。

五、唐圭璋《唐宋词简释》：此首伤别，从惜花写起。"太匆匆"三字，极传惊叹之神，"无奈"句，又转怨恨之情，说出林花所以速谢之故，朝是雨打，晚是风吹，花何以堪，人何以堪。说花即以说人，语固双关也。"无奈"二字，且见无力护花，无计回天之意。一片珍惜怜爱之情，跃然纸上。下片，明点人事，以花落之易，触及人别离之易。花不得重上故枝，人亦不易重逢也。"几时重"三字轻顿；"自是"句重落。以水之必然长东，喻人之必然长恨，语最深刻。"自是"二字，尤能揭出人生苦闷之义蕴，与"此外不堪行""肠断更无疑"诸语，皆重笔收来，沉哀入骨。

又唐圭璋《屈原与李后主》：以水必然长东，以喻人之必然长恨，沉痛已极。

相见欢①

无言独上西楼，月如钩②。寂寞梧桐深院锁清秋③。　　剪不断，理还乱，是离愁，别是一番滋味在心头。④

【注释】

①《相见欢》：此调因这首词又名《上西楼》《西楼子》《秋夜月》。《花草粹编》引杨湜《古今词话》谓是蜀主孟昶作。《南唐二主词》各本多收为后主作。

②月如钩：鲍照《玩月》诗："始见西南楼，纤纤如玉钩。"

③梧桐：落叶乔木。木材可制乐器。梧桐落叶最早，故云"梧桐一叶落，天下尽知秋"（《广群芳谱》）。以梧桐叶落，表示秋天的来临。锁：封闭，封锁。

④别是：另本作"别有"。一番：另本作"一般"。

【讲解】

这首词宋黄昇《花庵词选》认为是后主作品；并在调名下注曰："此词最凄婉，所谓'亡国之音哀以思'。"这首词乍一看来，似上阕写景，下阕言情。其实上、下阕俱为凄婉之情所笼罩。上阕情随景生，情景交融；下阕从具体描写到无法形容。百般写情，所以感人至深。

"无言独上西楼"，只这起句，直接呈现出词人的孤独身影，不见一丝帝王气象。俞平伯说这一句，"已摄尽凄婉的神情"。后主失国后，变成无人可对，无话可说。无人可对，"一桁珠帘闲不卷，终日谁来？"（《浪淘沙》）。无话可说，"心事莫将和泪说"（《望江南》）。"独上西楼"，信步所之，百无聊赖。接下撇开人物，只写景物。"月如钩"三个字一片天籁，纯任自然，但是高妙非凡，将情移景，情景交融。以下连缀九字："寂寞梧桐深院锁清秋。"写景写人，人景合一。自然不光写天上的月、院内的梧桐，而是写见桐见月的人，是深层次的抒情。"寂寞"的不是梧桐，不是深院，而是词人在"梧桐深院"中的感受。九字句中是六、三句法。实体的梧桐深院"锁"住了抽象的"春秋"，象喻无情的囚笼"锁"住了多情的皇帝。"锁"字下得重而真切，因为这是一个在清夜深秋的囚徒的感情体验。失去自由，生不如死。

下阕与上阕一气呵成，紧相连接。他用写"清秋"一样的手法。以"离愁"指代他的失国情绪。怎样诉说那难以形容的凄婉情结？他开始试图打一个具体比方："剪不断、理还乱，是离愁。"这"离愁"是无法根除的，所以"剪不断"。"离恨恰如春草，更行更远还生"（《清平乐》），又是无法理顺的，所以"理还乱"。"砌下落梅如雪乱，拂了一身还满。"（《清平乐》）具体的比方表示自己的愁绪纷乱，难以排遣。最后，又出波折。他忽然放弃把"离愁"说清楚了。反正说不清："别是一番滋味在心头。"正如徐士俊所云："七情所至，浅尝者说破，深尝者说不破。"（《古今词统》）因为词人对自己的感受有极深的体验，所以还是笼统地说个"别是一番滋味"为好，就像陶渊明的："此中有真意，欲辨已忘言。"能说明白的未必深入，深入的正可不必说也。俞陛云说："后阕仅十八字，而肠回心倒，一片凄异之音，伤心人固别有怀抱。"

统观全章，说的全是白话，自然率真，和血和泪，艺术造诣，居上上乘。词以情胜，有必不可解之情，而后才有必能不朽之词作。

【辑评】

一、宋黄昇《唐宋诸贤绝妙词选》卷一：此词最凄婉，所谓"亡国之音哀以思"。

二、明沈际飞《草堂诗馀续集》卷下：七情所至，浅尝者说破，深尝者说不破，破之浅，不破之深。"别是"句妙。

三、明茅暎《词的》卷一：绝无皇帝气。可人，可人。

四、清陈廷焯《词则·大雅集》卷一：哀感顽艳，只说不出。

又陈廷焯《云韶集》卷一：凄凉况味，欲言难言，滴滴是泪。

五、王闿运《湘绮楼词选》前编：词之妙处，亦别是一般滋味。

六、俞陛云《唐五代两宋词选释》：后阕仅十八字，而肠回心倒，一片凄异之音，伤心人固别有怀抱。《花庵词选》："所谓亡国之音哀以思。"

七、刘永济《唐五代两宋词简析》：此亦李煜降宋后作……。后首上半阕言所处之寂寞。下半阕满腹离怨，无语可以形容，故朴直说出。"别是"句，尤为沉痛。盖亡国君之滋味，实尽人世悲苦之滋味无可与比者。故曰："别是一般。"此二首表面似春秋闺怨之词，因不敢明抒己情，而托之闺人离思也。

八、俞平伯《读词偶得》：玩其词情，亦分五转，上三下二。自来盛传其"剪不断，理还乱"，以下四句；其实首句"无言独上西楼"六字之中，已摄尽凄婉之神矣。

又俞平伯《唐宋词选释》：这篇《花庵词选》有"凄婉哀思"的评语。虽上片写景，下片抒情，凄凉的气象，却融会全篇，如起笔"无言独上西楼"一句，已摄尽凄婉的神情，"别是一番滋味"，也是离愁。剪不断，理还乱，还可形状，这却说不出，是更深一层的写法。

九、唐圭璋《唐宋词简释》：此首写别愁，凄婉已极。"无言独上西楼"一句，叙事直起，画出后主愁容。其下两句，画出后主所处之愁境。举头见新月如钩，低头见桐阴深锁，俯仰之间，万感萦怀矣，此片写景亦妙。惟其桐阴深黑，新月乃愈显明媚也。下片，因景抒情。换头三句，深刻无匹，使有千丝万缕之离愁，亦未必不可剪，不可理。此言"剪不断，理还乱"，则离愁之纷繁可知，所谓"别是一番滋味"，是无人尝过之滋味，惟有自家领略也。后主以南朝天子，而为北地幽囚，其所受之痛苦，所尝之滋味，自与常人不同。心头所交集者，不知是悔是恨，欲说则无从说起，且亦无人可说，故但云"别是一番滋味"，究竟滋味若何，后主且不自知，何况他人？此种无言之哀，更胜于痛哭流涕之哀。

子夜歌①

　　人生愁恨何能免，销魂独我情何限②。故国梦重归，觉来双泪垂③。　　高楼谁与上④，长记秋晴望⑤。往事已成空，还如一梦中。

【注释】

①《子夜歌》：即《菩萨蛮》。

②销魂：销，同消。表示魂已离体，形容极度伤心的样子。梁江淹《别赋》："黯然销魂者，惟别而已矣。"何限：无限。

③觉来：醒来。

④谁与：同谁。

⑤长记：老是记得，李清照《如梦令》："长记溪亭日暮。"

【讲解】

　　这首词也是李煜入宋以后，抒写亡国哀思的名篇，历代选家多选此作，因为它最能代表后主词的一个独有的风格：脱口而出，明白如画，纯用白描，便成绝唱。

　　李词脱口翻笔，论及人生问题。起句荡开："人生愁恨何能免。"马上翻转来掩合："销魂独我情何限。"人生固然难免愁恨，但我的销魂则与众不同。下面把这个论断说清楚："故国梦重归，觉来双泪垂。"江山尽失，只有梦归故国，觉来梦境不见，除去自伤流泪，还能怎样？如此的深痛沉哀，旁人能有么？换头，进一步说今昔的两般情况："高楼谁与上，长记秋晴望"，这是当年。正好与后主的《相见欢》二句相比："无言独上西楼，月如钩，寂寞梧桐深院锁清秋。"当年有知心随侍相伴，登高骋望，秋色无边。那时胸怀开张，萌生希望。如今呢，清秋被锁在深院里了，于是情绪骤跌："往事已成空，还如一梦中。"今昔对照，使他吃了尖锐的一刀，再不要梦寻往事了，往事如梦，梦醒成空，有何可说！这词的上下片，各有一个"梦"

字。上片说的是今日一梦成真，其情难忍。下片说的是此生真如一梦，悲痛难排。读了此词，令人忘记这是一篇词作，直觉它是一个囚徒心的倾诉。话自肺腑出。用不着雕饰、修辞，一首词化为一缕真情，拨动心弦，使读者不能不为它的真实情感、天成语言发出衷心的爱悦。

【辑评】

一、宋马令《南唐书》卷五：后主乐府词云："故国梦重归，觉来双泪垂。"又云："小楼昨夜又东风，故国不堪回首月明中。"皆思故国者也。

二、清陈廷焯《云韶集》卷一：回首可怜歌舞地。又云：悠悠苍天，此何人哉！

三、俞陛云《唐五代两宋词选释》：起句用翻笔，明知难免，而自我销魂，愈觉埋愁之无地。马令《南唐书》本注谓"故国"二句与《虞美人》词"小楼昨夜"二句皆思故国者也。

四、唐圭璋《唐宋词简释》：此首思故国，不假采饰，纯用白描。但句句重大，一往情深。起句两问，已将古往今来之人生及己之一生说明："故国"句开，"觉来"句合，言梦归故国，及醒来之悲伤。换头，言近况之孤苦，高楼独上，秋晴空望，故国杳杳，销魂何限！"往事"句开，"还如"句合，上下两"梦"字亦幻，上言梦似真，下言真似梦也。

浪淘沙①

往事只堪哀，对景难排②。秋风庭院藓侵阶③。一桁珠帘闲不卷④，终日谁来。　　金锁已沉埋⑤，壮气蒿莱⑥，晚凉天净月华开⑦。想得玉楼瑶殿影⑧，空照秦淮⑨。

【注释】

①《浪淘沙》：此词录自池州夏氏家藏。

②景：景象。排：排遣。

③藓侵阶：藓，苔藓。侵，蔓延。苔藓蔓延于阶上，说明阶上久无人行。

④一桁（háng）：通"行"，读仄声。一挂，一列。杜牧《十九兄郡楼有宴病不赴》诗："燕子嗔垂一桁帘。""桁"，另本作"任"。

⑤金锁：即金锁甲，杜甫《何氏》诗："雨抛金锁甲，苔卧绿沉枪。"接下句"壮气"指"王气"，借用三国时吴国以铁锁链横断长江，抵抗西晋，结果失败灭亡故事。刘禹锡《西塞山怀古诗》："千寻铁锁沉江底，一片降幡出石头。""金锁"二句，即用此意。"金锁"另本作"金剑"或称"壮气"为"剑气"，用吴王阖闾将鱼肠剑殉葬于墓之事，但此典用得勉强，不如"金锁"妥帖。

⑥壮气：指"王气"，由刘禹锡《西塞山怀古》诗"金陵王气黯然收"脱化而来。蒿莱：野草，蓬蒿。这里作动词用，表示付诸草野，衰落，消沉。梅尧臣《西洛牡丹》诗："萌芽始见长蒿莱，气馁旋看压桃李。"

⑦天净：天空明净如洗，另本作"静"。月华：月光，月色。张若虚《春江花月夜》："此时相望不相闻，愿逐月华流照君。"

⑧玉楼瑶殿：玉、瑶，宫殿美称。指南唐宫殿，因在想象中，所以更加美丽。

⑨秦淮：指南京之秦淮河，河中有画舫游艇，河岸有歌舞楼台，乃南唐国都金陵胜地。

【讲解】

这首词仍然也是李煜于976—978年间，因在汴京，怀想秣陵之名作之一。但它与前几首入宋之作有所不同：这一首完全是站在一个亡国之君的立场，抒发他特有的悲痛。李煜作词，往往在真实地抒写自己时忘记帝王身份；曾为此被宋太祖嘲笑说："好一个翰林学士。"他习惯于借喻或寄托景物，宛转而含蓄地泄露感情。但此刻到了真正尝到亡国做俘的滋味时，他才憬然有悟，明白他究竟失掉了什么；他是一国之君，而丧失了国家将是千古罪人，思想上有了升华后，便将个人生死置之度外，他作词的情调起了变

李煜词全集

099

化——从哀愁到悲愤；风格上有所不同——从阴柔化阳刚；艺术手法——从象喻到白描。

　　一起突兀直白，统提全篇："往事只堪哀，对景难排。"追怀往事，只有泪下。面对现状，绝难排遣。现状是如何呢？上阕写白日："秋风庭院藓侵阶"这是外面，"一桁珠帘闲不卷"，这是里面。秋风一起，桐叶落地，苔藓生阶，久无人到，院内是"寂寞梧桐深院锁清秋"（《相见欢》），他只好枯坐室中，百无聊赖，更懒怠打起帘子，反正无客可迎，据宋王铚《默记》：李煜住处只一老卒守门，奉旨不许任何人进去与李煜接触谈话。这就是现状实景。囚禁的生活，囚徒的寂寞，是何等难堪。"终日谁来"，便是他发自内心的凄惨叹息，天然妙句，令人不忍卒读。

　　下阕写黑夜，囚徒在夜中怎能安睡，不免由室内走到院内，浮想联翩："金锁已沉埋，壮气蒿莱"。作为亡国之君，他此刻剧烈地怀想故国。两句词显出帝王气概，他不由得想起从前吴主抵抗西晋的故实，想起刘禹锡《西塞山怀古》那首七律。吴王尽管靠长江天险，尽管用铁锁链横截大江要害之处，最终还是逃不掉失败与灭亡的命运。正所谓："千寻铁锁沉江底，一片降幡出石头。"（刘禹锡诗）而李煜怎能比得前人。他曾妄图抵抗宋军，却出了不少洋相，当宋军在采石矶用船造浮桥，准备渡江时，李煜还呆子似的问他的大臣张洎。张洎说："书上从来没有在长江造浮桥的事啊！"李煜放心了："我也认为旁人说着玩。"如今词中说"金锁已沉埋"，只是说他与从前的吴主一样地遭到灭亡而已，并非说他也曾设谋抗敌。"壮气蒿莱"，承接上文，"壮气"即指王气。南唐王气，已经覆没，正如刘禹锡的诗句："金陵王气黯然收。"或有人说"金锁"一作"金剑"，剑是战争武器；则顺下来讲，"壮气"则是剑气，金陵有"剑气"直冲牛斗，这种传说是有的，当年吴王阖闾叱咤风云，靠一把鱼肠宝剑，他死之后，宝剑埋在他的墓中，古人相信剑气直冲牛斗。但即使金陵有剑气，李煜朝中也无英雄可使。李煜被围后，也想试试背水一战，所谓"良将"刘澄，立时得到破格的升擢，但才到镇江，就降宋了。然后陈大雅失志，朱会赟无成，壮志付诸草野，只好忍辱投降了。秋夜里的李煜作词却是里手。他宕开词笔，启动联想："晚凉天净月华开。想得玉楼瑶殿影，空照秦淮。"秋夜凉风，扫尽积云。天空如洗，捧出一轮月华，使得孤独者胸襟为之一爽，不觉诗意盎然，产生了美丽的联想：玲珑的秋月，一定照在我的玲珑楼殿上头，然后把它们的倒影，投映在荡漾的秦淮河水中了吧！如此鲜明的图景，然而是幻非真。繁华成幻，梦境成空，比上阕的"终日谁来"更加使人凄咽。

必须有李煜的身世遭遇，兼有他的无人能匹的艺术才能，善于捕捉图景，注入锥心伤痛，才足以铸成上品的小词，令人低回不已。

【辑评】

一、明沈际飞《草堂诗馀续集》：此在汴京念秣陵事作，读不忍竟。又云："终日谁来"四字惨。

二、清陈廷焯《大雅集》卷一：起五字极凄婉，而来势妙，极突兀，又《云韶集》卷一：起五字凄婉，却来得突兀，故妙，凄恻之词而笔力精健，古今词人谁不低首。

三、俞陛云《唐五代两宋词选释》：薜阶帘静，凄寂等于长门。"金锁"二句有铁锁沉江、王气黯然之慨。回首秦淮，宜其凄咽。

四、唐圭璋《李后主评传》：他自归宋后，自然是事事不得自由。他看不见江南的人物风景，他也挽不回过去的青春，仅仅有自由的梦魂，时时去萦绕他的故国。他的词说："往事只堪哀（下略）。""无言独上西楼（下略）。"可想见他孤独的悲哀，李易安所谓"寻寻觅觅冷冷清清、凄凄惨惨戚戚"的生活，也正是他的写照。

又《唐宋词简释》：此首念秣陵。上片，白昼凄清状况，哀思弥切。起两句，总括全篇。"秋风"一句，补实上句难排之景。秋风袅袅，苔藓满阶，想见荒凉无人之情。与当年"春殿嫔娥鱼贯列"之盛较之真有天渊之别。"一桁"两句，极致孤独之哀。后主入汴以后之生活，于此可见。换头，自叹当年之意气，都已销尽。"晚凉"一句，点月出，"想得"两句，因月生感，怅望无极。月影空照秦淮，画出失国后的惨淡景象。

虞美人

　　春花秋月何时了[①]。往事知多少。小楼昨夜又东风，故国不堪回首月明中[②]。　　雕阑玉砌应犹在[③]，只是朱颜改④。问君能有几多愁⑤，恰似一江春水向东流。

【注释】

①了：了结。

②故国：指南唐。回首：回顾，回忆。

③雕阑玉砌：雕花的栏杆，玉石的台阶。泛指南唐的精美宫殿，李煜《浪淘沙》有句："想得玉楼瑶殿影，空照秦淮。""玉楼瑶殿"同此。

④朱颜：即红颜、盛年的容颜。"朱颜改"，暗指失国之变。

⑤问君：作者自问。几多：多少。

【讲解】

这是李煜最后的一首感怀故国的名作，作者以形象的比喻，诘问的口吻，悲愤的情怀，激宕的格调，放笔悲号，写尽末世国君的哀愁。据宋王铚的《默记》所载，这首词和他的惨遭杀害不是没有关系的。

开头如俞平伯先生所云"奇语劈空而下"："春花秋月何时了！往事知多少！"一连两个诘问，问得惊心动魄，宇宙间无非有两种形态：永恒与无常。宋代苏轼在看到无常的同时，还看到永恒，由此悟出人生有变和不变的道理："盖将自其变者而观之，则天地曾不能以一瞬；自其不变者而观之，则物与我皆无尽也。"（《前赤壁赋》）但是李煜面对被囚的现实，他的生命中的自由与欢乐，人生的目的与人的存在价值尽被夺去，他只见"无常"，不见"永恒"。当将来未卜、眼前难堪之际，他悲呼道：这漫长的黑夜与白天，这可厌的春花与秋月，何时是个了结啊！而在他脑际萦回不已的往事，回首徒添恨，"往事只堪哀"（《浪淘沙》），因此他接着悲叹道：为什么偏有那么多折磨人的往事啊！李煜搔首呼天，恨极怨极。两个诘问，为晚唐五代词中绝笔。下面两句以具体事物补充前问："小楼昨夜又东风，故国不堪回首月明中。""东风"承接前句"春花"；"月明"承接前句"秋月"。"又"字透露囚禁生活的难耐；降宋"又"经一年，承接前句"何时了"。"故国不堪回首"承接"往事知多少"。上阕曲调高亢悲慨。后来的女词人李清照的《声声慢》似学此种。惟有作家经历过大灾难，锻炼就大手笔，才能究诘人生，怀疑自然规律，写出具有如此深度和力度的词作，大有负荷全人类之悲哀之概。

下阕则用了曲笔："雕阑玉砌应犹在，只是朱颜改。""在"与"改"两个动词，沉稳地、恰当地表达了物是人非的境况。"只是"一词传出词人的无穷憾恨，这里的"朱颜"暗指"江山"，"朱颜改"暗指江山易色。"改"字点出全词题旨：是悲恨的根源。最后，词人把难以明说的去国之思、失国之悲、亡国之恨全都纳入一个"愁"字中了。"问君能有几多愁？恰似一江春水向东流。"真乃千古绝唱。这一股劲儿向东、向江南流去的春水，恰似绵绵不断的去国之思；这滚滚无边、滔滔不尽的江水，象征日夜鸣咽的失国之悲。水的汹涌满溢，无情地把含恨的弱者淹没覆亡，空留亡国之恨。固然，将愁比水，并非自李煜始。白居易有句："欲识愁多少，高于滟滪堆"（《夜入瞿塘峡》）。刘禹锡有句："蜀江春水拍山流……水流无限似侬愁。"（《竹枝词》）后来模仿李煜词句的则更多了。寇准词："愁情不断如春水"（《夜度娘》）；秦观词："飞红万点愁如海（《千秋岁》），都很精妙；但是气象、格调都比不上他这两句。王国维曾说："后主之词，真可谓以血书者也。"（《人间词话》）他并非想抬高一个亡国之君的"愁"，而是赞叹一位凭着真切之感、肺腑之痛、炽热之情写了这样一首内容上超出个人痛苦、艺术上达到诗的胜境的作者。王国维更把这首词的末二句当作后主词的代表来评价。这是因为它们突出了后主词感情真挚、语言自然的特点；表达了弱者、文人的精神世界，从而牵动了同类读者的相似感情，丰富了词的表现力量，发挥了词的抒情作用，有助于确立词与诗相抗衡的地位。

【辑评】

一、宋龙衮《江南录》：小周后随后主归朝，封郑国夫人，例随命妇入宫。每一入辄数日而出，必大泣骂后主，声闻于外，多宛转避之。（引见王铚《默记》卷下）

二、宋王铚《默记》卷上：徐铉归朝，为左散骑常侍，迁给事中。太宗一日问：曾见李煜否？铉对以"臣安敢私见之"。上曰："卿第往，但言朕令卿往相见可矣。"……卒言："有旨不得与人接，岂可见也?"铉曰："我乃奉旨来见。"老卒往报。徐入，立庭下久之。老卒遂入取旧椅子相对。铉遥望见，谓卒曰："但正衙一椅足矣。"顷间，李主纱帽道服而出。铉方拜，而李主遽下阶引其手上。铉告辞宾主之礼，主曰："今日岂有此理。"徐引椅少偏，乃敢坐。后主相持大哭。乃坐，默不言。

忽长吁叹曰："当时悔杀了潘佑、李平。"铉既去，乃有旨再对。询后主何言，铉不敢隐。遂有秦王赐牵机药之事。牵机药者，服之前却数十回，头足相就如牵机状也。又后主在赐第，因七夕命故伎作乐。声闻于外。太宗闻之大怒。又传"小楼昨夜又东风"及"一江春水向东流"之句，并坐之，遂被祸。

三、宋陆游《避暑漫钞》：李煜归朝后，郁郁不乐，见于词语，在赐第，七夕命故伎作乐，闻于外，太宗怒，又传"小楼昨夜又东风"及"一江春水向东流"之句，并坐之，遂被祸。

四、宋陈师道《后山诗话》：王旂，平甫之子，尝云，今语例袭陈言，但能转移尔。世称秦词"愁如海"为新奇，不知李国主已云"问君能有几多愁？恰似一江春水向东流。"但以"江"为"海"尔。

五、宋王楙《野客丛书》卷二〇：《后山诗话》载王平甫子旂谓秦少游"愁如海"之句，出于江南李后主之意；又有所自。乐天诗曰："欲识愁多少，高于滟滪堆。"刘禹锡诗曰："蜀江春水拍山流，水流无限似侬愁"。得非祖此乎？则知好处前人皆已道过，后人但翻而用之耳。

六、宋罗大经《鹤林玉露》卷七：诗家有以山喻愁者。如少陵诗云："忧端如山来，澒洞不可掇。"赵嘏云："夕阳楼上山重叠，未抵春愁一倍多。"是也。有以水喻愁者，李顾云："请量东海水，看取浅深愁。"李后主云："问君能有几多愁，恰似一江春水向东流。"秦少游云："落红万点愁如海。"是也。贺方回云："试问闲愁知几许，一川烟草，满城风絮，梅子黄时雨。"盖以三者比愁之多也，尤为新奇。兼兴中有比，意味更长。

七、宋陈郁《藏一话腴》内编卷上：太白云："请君试问东流水，别意与之谁短长。"江南后主曰："问君能有几多愁，恰似一江春水向东流。"略加融点，已觉精彩。至寇莱公则谓："愁情不断如春水。"少游云："落红万点愁如海。"青出于蓝而胜于蓝矣。

八、宋俞文豹《吹剑录》：诗有一联一字唤起一篇精神。……李顾诗："请量东海水，看取浅深愁。"李后主词："问君能有几多愁？恰似一江春水向东流。"

九、明卓人月《古今词统》卷八：徐士俊云：只一"又"字，宋元以来抄者无数，终不厌烦。

十、明陈霆《唐馀记传》：煜以七夕日生。是日燕饮声伎，彻于禁中。太宗衔其"故国不堪回首"之词，至是又愠其酣畅，乃命楚王元佐等携觞就其第而助之欢。酒阑，煜中牵机药毒而死。

十一、明董其昌《评注便读草堂诗馀》：山谷羡后主此词。荆公云："未若'细雨梦回鸡塞远，小楼吹彻玉笙寒'尤为高妙。"

十二、清尤侗《延露词序》：诗何以"馀"哉？"小楼昨夜"，《哀江头》之馀也；"水殿风来"，《清平调》之馀也；"红藕香残"，《古别离》之馀也；"将军白发"，《从军行》之馀也；"今宵酒醒"，《子夜》、《懊侬》之馀也；"大江东去"，鼓角横吹之馀也，诗以"馀"亡，亦以"馀"存。

十三、清王士禛《花草蒙拾》：钟隐入汴后，"春花秋月"诸词，与"此中日夕只以眼泪洗面"一帖，同是千古情种，较长城公煞是可怜。

十四、清沈雄《古今词话·词辨》上卷，李后主词："春花秋月何时了（下略）。"当以此阕为最。

十五、清冯金伯《词苑萃编》卷二引《词洁》王介甫问黄鲁直，李后主词何句最佳。鲁直举"问君能有几多愁，恰拟一江春水向东流"。介甫以为未若"细雨梦回鸡塞远，小楼吹彻玉笙寒"。介甫之言是矣。顾以专论后主之词可耳，尚非词之至也。若总统诸家而求极致于不食烟火、不落言诠，如女中之有国色，无事矜庄修饰，使当之者忽然自失，而未由仿佛其皎好，其惟太白"暝色入高楼，有人楼上愁"乎，惜乎今之才人，动而不静，往而不返，识此宗趣者盖寡。

十六、清王士禛《五代诗话》卷一引《稗史汇编》：宋邵伯温曰："南唐李煜以太平兴国三年（978 年）七月七日卒。吴越王钱俶以雍熙四年（987 年）八月二十四日卒。二君归宋，奉朝请于京师。其卒之日俱其始生之辰。太宗于是日遣中使赐以器币，与之燕饭，皆饮毕卒，盖太宗杀之也。余按野史，李后主以七夕诞辰。命故伎于赐第作乐侑饮，声闻于外，太宗闻之大怒。又传其小词'小楼昨夜又东风，故国不堪回首月明中'之句，由是怒不可解。是李之祸，词语促之也。因记钱邓王有句云：'帝乡烟雨锁春愁，故国山川空泪眼。'其感时伤事，不减于李，然则其诞辰之祸，岂亦缘是也？"

十七、清陈廷焯《云韶集》卷一：一声恸歌，如闻哀猿，呜咽缠绵，满纸血泪。

十八、清王闿运《湘绮楼词选》前编：常语耳，以初见故佳，再学便滥矣。朱颜本是山河，因归宋不敢言耳。若直说山河改，反又浅也。结亦恰到好处。

十九、梁启勋《词学》下编：李后主原是天才之文学家，又是亡国之君，此三首（《浪淘沙》"帘外雨潺潺"、"往事只堪哀"及《虞美人》"春花秋月何时了"）乃国破之后，在汴梁作寓公时所作，缱怀故国，又不敢明白表示，忍泪吞声，亦不能自抑，而流露于言辞。闻宋太祖赐以牵机药，亦因见此词。

二〇、唐圭璋《南唐二主年表》：太平兴国二年丁丑（977年）后主四十一岁。后主言贫，宋太宗命增给月俸，仍予钱三百万。是时作《虞美人》、《浪淘沙》诸词。太平兴国三年戊寅（978年），后主四十二岁，七月七日，命故伎作乐。太宗大怒。又传"小楼昨夜又东风"，"一江春水向东流"词，遂赐牵机药而死。

二十一、俞陛云《唐五代两宋词选释》：亡国之音，何哀思之深耶。传诵禁廷，不加悯而被祸，失国者不殉宗社，而任人宰割，良足伤矣。《后山诗话》谓秦少游词"飞红万点愁如海"出于后主"一江春水"句，《野客丛书》又谓白乐天"欲识愁多少，高于滟滪堆"，刘禹锡"水流无限似侬愁"，为后主词所祖。但以水喻愁，词家所易到，屡见载籍，未必互相沿用。就词而论，李、刘、秦诸家之以水喻愁，不若后主之"春江"九字，真伤心人语也。

二十二、刘永济《唐五代两宋词简析》：此词明言"故国"，明言"雕栏玉砌"，故宋太宗闻之，即赐牵机药以死之。

二十三、唐圭璋《唐宋词简释》：此首感怀故国，悲愤已极，起句，追维往事，痛不欲生。满腔恨血，喷薄而出，诚《天问》之遗也。"小楼"句承起句，缩笔吞咽；"故国"句承起句，放笔呼号。一"又"字惨甚。东风又入，可见春花秋月，一时尚不得遽了，罪孽未满，苦痛未尽，仍须偷息人间，历尽磨折。下片承上，从故国月明想入，揭出物是人非之意，末以问答语，吐露心中万斛愁恨，令人不堪卒读。通首一气盘旋，曲折动荡，如怨如慕，如泣如诉。

又唐圭璋《李后主评传》：这两首词（本阕及"人生愁恨何能免"）

大概是同时在汴京作的，直抒胸臆，把不堪回首的往事，尽情流露，这类词真是百转柔肠，令人无可奈何。

又唐圭璋《屈原与李后主》：至其《虞美人》一首，更是哀伤入骨，词云（略）。问春花秋月何时可了，正求速死也。但小楼昨夜东风又入，恨不得即死也。下片从故国月明想入，揭出物是人非之戚。最后以问答语，吐露胸中万斛愁肠，诚令人不堪卒读。

二十四、俞平伯《读词偶得》：奇语劈空而下，以传诵久，视若恒言矣。日日以泪洗面，遂不觉而厌春秋之长。岁岁花开，年年月满，前视茫茫，能无回首，固人情耳。"小楼昨夜又东风"，下一"又"字，与"何时了"密衔，而"故国"一句便是必然的转折。就章法言之，三与一，四与二，隔句相承也；一二与三四，情境互发也，但一气读下，竟不见有章法。后主又乌知所谓章法哉？而自然有了章法，情生文也。过片两句，示今昔之感，只是直说，其下两句，千古传名，实亦羌无故实。刘继增《笺注》所引《野客丛书》以为本于白居易、刘禹锡，直梦呓耳。胡不曰本于《论语》"子在川上"一章，岂不更现成么？此所谓"直抒胸臆，非傍书史"者也。后人见一故实，便以为"因在是矣"，何其陋耶。……今效其语而补之曰："恰似一江春水向东流，后主语也，其词品似之。"盖诗词之作，曲折似难而不难，惟直为难。直者何？奔放之谓也。直不难，奔放亦不难，难在于无尽。"恰似一江春水向东流"，无尽之奔放，可谓难矣。倾一杯水，杯倾水涸，有尽也，逝者如斯，不舍昼夜，无尽也。意竭于言则有尽，情深于词则无尽。"言之不足，故长言之，长言之不足，故嗟叹之"，老是那么"不足"，岂有尽欤，情深故也。人曰李后主是大天才，此无征不信，似是而非之说也。情一往而深，其春愁秋怨如之，其词笔复婉转哀伤，随其孤往，则谓千古之名句可，谓为绝代的才人亦可。凡后主一切词当作如是观，不但此阕耳，特于此发其凡耳。

二十五、龙榆生《南唐二主词叙论》（上海古籍出版社《龙榆生词学论文集》）：后主既归宋，与金陵旧宫人书云："此中日夕只以眼泪洗面。（见王铚《默记》）赵癸《行宫杂记》亦称：后主归朝后，每怀故国，且念嫔妃散落，郁郁不自聊。"秋月春花，往事多少？""眼泪洗面"与"眼色相勾"之滋味，相去几何？

浪淘沙

　　帘外雨潺潺①，春意阑珊②。罗衾不耐五更寒③。梦里不知身是客，一饷贪欢④。　　独自莫凭阑⑤，无限江山⑥。别时容易见时难⑦。流水落花春去也，天上人间。⑧

【注释】

①潺潺（chán）：水声。这里指小雨滴水声。

②阑珊：衰残。白居易诗："诗情酒兴渐阑珊。"

③罗衾（qīn）：绸被。不耐：不敌，经不起。

④一饷（shǎng）：通"晌"，片刻，一会儿。

⑤莫：是"暮"的本字，作"黄昏"解。《全唐诗》作暮。"莫"亦可读入声，作"勿"解。李煜另有词句："高楼谁与上。"二解皆通。

⑥江山：指南唐故土。一本作"关山"，未必妥。

⑦别时容易见时难：《颜氏家训·风操》："别易会难，古人所重。"曹丕《燕歌行》："别日何易会日难。"

⑧天上人间：相隔渺邈，不知何处。张泌《浣溪沙》："天上人间何处去，旧欢新梦觉来时。"这里是说，水流，花谢，春去，一似人天相隔，杳渺无极。

【讲解】

　　《浪淘沙》词是一首哀歌，相传是后主的绝笔，《苕溪渔隐丛话》引蔡绦《西清诗话》云："南唐李后主归朝后，每怀江国。且念嫔妾散落，郁郁不自聊。作长短句'帘外雨潺潺'云云。含思凄婉，未几下世。"这首词，意显言深，情辞凄切，应该说是李煜的代表作。

　　词从暮春夜雨写起："帘外雨潺潺，春意阑珊。"是词人梦醒之后所闻和所想。那潺潺雨声，于梦后听着更加凄切。"春意阑珊"之想也是由于梦之消失、情之怅惘所引起的。这两句不是写景，而是言情。如他另一首《子夜歌》云："故国梦重归，觉来双泪垂。"就不如这里寓情于景的两句显得动人。因此陈锐说："李后主词'帘外雨潺潺'，寻常白话耳。金元人词亦说白话，能有此缠绵否？"（《褒碧斋词话》）"罗衾不耐五更寒"，一如冯延巳词句"砌下落花风起，罗衣特地春寒"（《清平乐》）。以"罗衣"、"罗衾"代指人物，现出词人形象。"寒"字，是词人蕴蓄地流露感情之处。并非因夜雨经受不起身躯上的寒冷，而是因梦醒支架不住心境上的凄凉。以上是倒叙：先写梦醒，下面才点出做梦，补明前之所闻、所想、所感都在梦醒之后。"梦里不知身是客，一饷贪欢。"原来他做了一个欢乐的梦。"贪欢"刻画出词人对梦景的向往，也就是对往日生活的依恋。可惜只有"一饷"，况且"梦里不知身是客"，这是一个多么残酷的现实。话说得很实在，甚至有点自嘲的味道，然而语意惨然，令人不忍卒读。郭麐说得好："绵邈飘忽之音，最为感人至深。李后主之'梦里不知身是客，一饷贪欢'所以独绝也。"（《南唐二主词笺》引）

下阕。撇开春夜的黯然自伤，再抒白日之寂寞难遣。"独自莫凭阑，无限江山，别时容易见时难"，是全词的中心。李煜被囚，与世隔绝，大臣嫔妾，都不得见。他有许多描写孤独的词句："一桁珠帘闲不卷，终日谁来"（《浪淘沙》）；"高楼谁与上"（《菩萨蛮》）；"无言独上西楼"（《相见欢》）等等。但都不及这里的"独自莫凭阑，无限江山"来得决绝悲慨。为什么不要"凭阑"？因为抬起望眼，便见无限江山。对江山的无限感，乃是他的实感。在牢笼似的小小楼院之外，那"四十年来家国，三千里地山河"（《破阵子》），那自由天地，欢乐天堂确实无限大、无限远。"无限"二字，是词人含蓄地流露感情的又一处。它表达的既非男女离情，又非羁旅愁思，而是联系现实、联系家国的深挚感情，从而创造出高远深广的艺术境界。"无限江山"既有千钧之重，下面承接的"别时容易见时难"也因此浩淼无边。正是这种家亡国恨的"伤别"，使宋朝皇帝不放心，一定要置词人于死地。

结尾，"流水落花春去也，天上人间"："流水"是"自是人生长恨水长东"的腔调，"落花"是"林花谢了春红"的翻版；"春去也"是"春花秋月何时了"的答复；"天上人间"唱出了词人对欢乐人生的最后诀别，倾泻了词人对破国亡家的千古憾恨。王国维在《人间词话》里说："词至李后主而眼界始大、感慨遂深，遂变伶工之词而为士大夫之词。""自是人生长恨水长东"、"流水落花春去也，天上人间"，《金荃》（温庭筠词集名）、《浣花》（韦庄词集名），能有此气象耶"。他对李煜在词史上的开创地位的评价，是很中肯的。

【辑评】

一、宋胡仔《苕溪渔隐丛话》前集卷五九：《西清词话》云：南唐李后主归朝后，每怀江国，且念嫔妾散落，郁郁不自聊，尝作长短句云："帘外雨潺潺"（下略），含思凄婉。未几下世。

二、明沈际飞《草堂诗馀正集》卷一："梦觉"语妙，那知半生富贵，醒亦是梦耶？末句，可言不可言，伤哉。

三、明李攀龙《草堂诗馀隽》卷二：结句"春去也"，悲悼万状。

四、清贺裳《皱水轩词筌》：南唐主《浪淘沙》曰："梦里不知身是客，一晌贪欢。"至宣和帝《燕山亭》则曰："无据，和梦也有时不做。"情更惨矣。呜呼，此犹《麦秀》之后有《黍离》也。

五、清郭麐《灵芬馆词话》卷二：绵邈飘忽之音，最为感人深至。李后主之"梦里不知身是客，一晌贪欢"所以独绝也。

六、清许昂霄《词综偶评》：《浪淘沙》全首语意惨然。

七、清谭献《谭评词辨》卷二：雄奇幽怨，乃兼二难。后起稼轩，稍伧父矣。

八、清陈廷焯《词则·大雅集》卷一：结得怨愤，尤妙在神不外散，而有流动之致。

九、清陈锐《袌碧斋词话》：古诗："行行重行行"寻常白话耳；赵宋人诗亦说白话，能有此气骨否？李后主词"帘外雨潺潺"，寻常白话耳，金元人词亦说白话，能有此缠绵否？

十、俞陛云《唐五代两宋词选释》：言梦中之欢，益见醒后之悲。昔日歌舞《霓裳》，不堪回首。结句"天上人间"，怆然欲绝，此归朝后所作。尚有《破阵子》词，则白马迎降时作。其词末句云："最是仓皇辞庙日……挥泪对宫娥。"人讥其临别之泪，不挥宗社而对于宫娥，讥之诚当；但词则纪当时实事，想见其去国惨状。《浪淘沙令》尤极凄黯之音，如峡猿之三声肠断也。

十一、刘永济《唐五代两宋词简析》：此亦托为别情，实乃思念故国之词。"流水"句，以比"见时难"也。"流水"、"落花"、"春去"，三事皆难重返者。当未流、未落、未去之时，比之已流、已落、已去之后，有如天上之比人间，以见重见别后之江山，其难易相差，亦如此也。

十二、唐圭璋《唐宋词简释》：此首殆后主绝笔，语意惨然。五更梦回，寒雨潺潺，其境之黯淡凄凉可知。"梦里"两句，忆梦中情事，尤觉哀痛。换头宕开，两句自为呼应，所以"独自莫凭阑"者，盖因凭阑见无限江山，又引起无限伤心也。此与"心事莫将和泪说，凤笙休向泪时吹"，同为悲愤已极之语。辛稼轩之"休去倚危阑，斜阳正在烟柳断肠处"亦袭此意。"别时"一句，说出过去与今后之情况。自知相见无期而下世亦不久矣。故"流水"两句，即承上申说不久于人世之意。水流尽矣，花落尽矣，春归去矣，而人亦将亡矣。将四种了语，并合人处作结，肝肠断绝，遗恨千古。

又唐圭璋《李后主评传》：一片血泪模糊之词，惨淡已极。深更半夜的鹃啼，巫峡两岸的猿啸，怕没有这样哀吧！宋徽宗被虏北行也作了一首《燕山亭》词，结末道："万水千山……除梦里、有时曾去。无据，和梦也有时不做。"这两位遭遇同等的"风流天子"，前后如出一辙。《长恨歌》结尾说："天长地久有时尽，此恨绵绵无尽期。"我们读他的词，也有这样的感想。后来词人，或刻意音律，或卖弄典故，或堆垛色彩，像后主这样纯任性灵的作品，真是万中无一。因此我们说后主词是空前绝后，也不过分吧。

附

录

李璟词历代总评

一、宋胡仔《苕溪渔隐丛话》后集卷三三：李易安云："乐府声诗并著，最盛于唐开元、天宝间。……自后郑、卫之声日炽，流靡之变日烦，已有《菩萨蛮》、《春光好》、《莎鸡子》、《更漏子》、《浣溪沙》、《梦江南》、《渔父》等词，不可遍举。五代干戈，四海瓜分豆剖，斯文道熄，独江南李氏君臣尚文雅，故有'小楼吹彻玉笙寒''吹皱一池春水'之词，语虽奇甚，所谓'亡国之音哀以思'也。"

二、明王世贞《艺苑卮言》：《花间》犹伤促碎，至南唐李王父子而妙矣。"风乍起，吹皱一池春水，关卿何事"，与"未若陛下小楼吹彻玉笙寒"。此语不可闻邻国，然是词林本色佳话，云破月来花弄影郎中，红杏枝头春意闹尚书，意似祖述之，而句稍小逮，然亦佳。

三、明黄河清《草堂诗馀续集序》：词固乐府铙歌之滥觞，李供奉、王右丞开其美，南唐李氏父子实弘其业。（引见《古今词统》卷一）

四、清陈子龙《幽兰草词序》（《安雅堂稿》卷三）：自金陵二主以至靖康，代有作者，或秾纤婉丽，极哀艳之情；或流畅淡逸，穷盼倩之趣。然皆境由情生，辞随意启，天机偶发，元音自成，繁促之中尚存高浑，斯为最盛也。南渡以还，此声遂渺。寄慨者亢率而近于伧武，谐俗者鄙浅而入于优伶，以视周、李诸君，即有彼都人士之叹。

五、清陈维崧《金天石吴日千词稿序》（《陈检讨四六》卷九）：词有千家，业归二李，斯则绮袖之专门，红牙之哲匠矣。若易安之婉变清新，屯田之温柔倩媚，虽为风雅之罪人，实则闺房之作者。

六、清彭孙遹《旷庵词序》（《松桂堂集》卷三十七）：历观古今诸词，其以景语胜者，必芊绵而温丽者也；其以情语胜者，必淫艳而佻巧者也。情景合则婉约而不失之淫，情景离则僪浅而或流于荡。如温韦、二李、少游、美成诸家，率皆以秾至之景写哀怨之情，称美一时，流声千载，黄九、柳七、一涉僪薄，犹未免于淳朴变风之讥，他尚何论哉。

七、清王士禛《倚声初集序》（《渔洋山人文略》卷三）：诗馀者，古诗之苗裔也。语其正，则璟、煜为之祖，淮海而极盛，周、史其大成也。

八、清沈初《论词绝句十八首》（《兰韵堂诗集》卷一）：南朝乐府最清妍，建业伤心万树烟。谁料简文宫体后，李王风致更翩翩。

九、清江顺诒《词学集成》卷一：比词于诗，原可以初、盛、中、晚论，而不可以时代后先分。如南唐二主似唐之初，秦、柳之琐屑，周、张之纤靡，已近于晚；北宋惟李易安差强人意。至南宋白石、玉田，始称极盛，而为词家之正轨。以辛拟太白，以苏拟少陵，尚属闰统。竹山、竹屋、梅溪、碧山、梦窗、草窗，则似中唐退之、香山、昌谷、玉溪之各臻其极。

十、清杨希闵《词轨》卷二：二主词读之使人悄怆失志，亡国之响也。然真意流露，音节凄婉，善学者，宜得意于形迹之外。陈大尊、王阮亭真是解人，能转法华，不为法华转也。

十一、清谭莹《论词绝句一百首》（《乐志堂诗集》卷六）：能使阳春集价低，浣溪沙曲手亲题。一池春水干卿事，酷似空梁落燕泥。

十二、清李慈铭《越缦堂读书记》卷八《文学》四：余于词非当家，所作者真诗余耳，然于此中颇有微悟，盖必若近若远，忽去忽来，如蛱蝶穿花，深深款款；又须于无情无绪中，令人十步九回，如佛言食蜜，中边皆甜。古来得此名者，南唐二主、六

一、安陆、淮海、小山及李易安《漱玉词》耳。屯田、稼轩近霸，而两家佳处，均处渊微。

十三、清冯煦《蒿庵论词》：词至南唐，二主作于上，正中和于下，诣微造极，得未曾有。宋初诸家，靡不祖述二主，宪章正中，譬之欧、虞、褚、薛之书，皆出逸少。

十四、清樊增祥《东溪草堂词选自叙》（《樊山集》卷二十三）：五季之世，二李为工，后主思深理约，致兼风雅，匪惟一朝之隽，抑亦百世之宗。

十五、清陈廷焯《云韶集》卷一：中主词凄然欲绝；后主虽工于怨词，总逊此哀婉沉至。

十六、清陈锐《裒碧斋词话》：词如诗，可模拟得也，南唐诸家，回肠荡气，绝类建安。柳屯田不着笔墨，似古乐府，辛弃疾俊逸似鲍明远。周美成深厚似陆士衡。白石得陶渊明之性情。梦窗有康乐之标轨。皆苦心孤造，是以被弦管而格幽明。学者但于面貌求之，抑末矣。

十七、清张祥龄《词论》：文章风气，如四序迁移，莫知为而为，故谓之运，左春右秋，冰虫之见。生今反古，是冬簟夏炉，乌乎能？安序顺天，愚者一得。昌黎起八代之衰，亦运使然。南唐二主、冯延巳之属，固为词家宗主，然是勾萌，枝叶未备。小山、耆卿，而春矣；清真、白石，而夏矣；梦窗、碧山，已秋矣；至白云，万宝告成，无可推徙。元故以曲继之，此天运之终也。

十八、王国维《人间词话》：冯正中词虽不失五代风格，而堂庑特大，开北宋一代风气，与中后二主词皆在《花间》范围之外，宜《花间集》中不登其只字也。

十九、吴梅《词学通论》第六章：余尝谓二主词，中主能哀而不伤，后主则迫于伤矣。然其用赋体，不用比兴，后人亦无能学者也。此二主之异处也。

廿、唐圭璋《南唐二主词总评》：自来论南唐二主词者，无不赏其艺术高奇，秀逸绝伦。既超过西蜀《花间》，又为宋人一代开山。

廿一、龙榆生《南唐二主词叙论》：中主实有无限感伤，非仅流连光景之作。王国维独赏其"菡萏香销翠叶残，西风愁起绿波间"二语，谓"大有众芳芜秽，美人迟暮之感"（《人间词话》）。似犹未能了解中主心情。论世知人，读南唐二主词，应作如是观，惜中主传作过少耳。（文载 1936 年 6 月《词学季刊》三卷二号）

李煜词历代总评

一、宋苏轼《书李主词》（《丛书集成初编》一五九一《东坡题跋》卷三）：三十馀年家国，数千里地山河（《破阵子》略）。后主既为樊若水所卖，举国与人，故当恸哭于九庙之外，谢其民而后行，顾乃挥泪宫娥，听教坊离曲哉？

二、宋邵思《雁门野说》：亡国之音信然不止《玉树后庭花》也。南唐后主精于音律，凡度曲莫非奇绝。开宝中，国将除，自撰《念家山》一曲，既而广《念家山破》，其识可知也。宫中民间日夜奏之，未及两月，传满江南。

三、明王世贞《艺苑卮言》："归来休放烛光红，待踏马蹄清夜月"，致语也。"问君能有几多愁，恰似一江春水向东流"，情语也。后主直是词手。

四、明郑瑗《蜩笑偶言》：刘禅既为安乐公，而侍宴喜笑，无蜀技之感，司马昭哂其无情。李煜既为违命侯，而词章凄婉，有故国之思。马令讥其大愚。噫！国破身辱之人，瞻望故乡，思与不思无往而不招消，古人所以贵死社稷也。

五、明胡应麟《少室山房笔丛》卷二五：六朝、五季，始若不侔而末极相类。陈隋二主，固鲁卫之政，乃南唐、孟蜀二后主于词曲皆致工，蜀则韦庄在昶前，唐则冯韩诸人唱酬，煜世并宋元滥觞也。

六、明胡应麟《诗薮》杂编卷四：南唐中主、后主皆有文。后主一目重瞳子，乐府为宋人一代开山。盖温、韦虽藻丽，而气颇伤促，意不胜辞，至此君方是当行作家，清便宛转，词家王、孟。

七、清沈际飞《草堂诗馀别集》卷二：后主、炀帝辈，除却天子不为，使之作文士荡子，前无古，后无今。

八、清卓人月《古今词统》卷四：后主、易安直是词中之妖。恨二李不相遇。

九、清黄河清《草堂诗馀续集序》：词固乐府铙歌之滥觞，李供奉、王右丞开其美，南唐李氏父子实弘其业。

十、清陈子龙《幽兰草词序》（《安雅堂稿》卷三）：自金陵二主，以至靖康，代有作者，或秾纤婉丽，极哀艳之情；或流畅淡逸，穷盼倩之趣，然皆境由情生，辞随意启，天机偶然，无音自成，繁促之中尚存高浑，斯为最盛也。

十一、清沈谦《填词杂说》：男中李后主，女中李易安，极是当行本色。又"红杏枝头春意闹"、"云破月来花弄影"俱不及"数点雨声风约住，朦胧淡月云来去"。予尝谓李后主拙于治国，在词中犹不失为南面王，觉张郎中、宋尚书，直衙官耳。

十二、清彭孙遹《旷庵词序》（《松桂堂集》卷三十七）：历观古今诸词，其以景语胜者，必芊绵而温丽者也；其以情语胜者，必淫艳而佻巧者也。情景合则婉约而不失之淫，情景离则儇浅而或流于荡，如温、韦、二李、少游、美成诸家，率皆以秾至之景写哀然之情，称美一时，流声千载；黄九、柳七，一涉儇薄，犹未免于淳朴变风之机，他尚何论哉。

十三、清王士禛《倚声集序》（《渔洋山人文略》）卷三：诗馀者，古诗之苗裔也。语其正则南唐二主为祖，至漱玉、淮海而极盛，高、史其嗣响也。语其变则眉山导其源，至稼轩、放翁而尽变，陈、刘其馀波也。

十四、清贺裳《皱水轩词筌》：南唐主《浪淘沙》曰："梦里不知身是客，一晌贪欢。"至宣和帝《燕山亭》则曰："无据，和梦也有时不做。"其情更惨矣。呜呼，此犹《麦秀》之后有《黍离》也。

十五、清纳兰性德《渌水亭杂识》卷四：花间之词如古玉器，贵重而不适用。宋词适用，而少质重。李后主兼有其美，更饶烟水迷离之致。

十六、清余怀《玉琴斋词·序》：李重光风流才子。误作人主，至有入宋牵机之恨。其所作之词，一字一珠，非他家所能及也。

十七、清夏秉衡《历代词选序》：唐末五代，李后主、和成绩、韦端己辈出，语极工丽而体制未备。至南、北宋而作者日盛，如清真、石帚、竹山、梅溪、玉田诸集，雅正超忽，可谓词家上乘矣。

十八、清王时翔《莫荆琰词序》（《小山诗文全稿·文稿卷二》）：词自晚唐温、韦主于柔婉，五季之末李后主以哀艳之辞倡于上，而下皆靡然从之。入宋号为极盛，然欧阳、秦、黄诸君子且不免相沿袭，周、柳之徒无论已，独苏长公能盘硬语，与时异趋，而复失之粗。南渡后得辛稼轩寄情于豪宕中，其所制往往苍凉悲壮，在古乐府与魏武埒，斯可语于诗之变雅矣。

十九、清周之琦《词评》（《十六家词录》附）：予谓重光天籁也，恐非人力所及。

廿、清吴衡照《莲子居词话》卷三：十国时风雅才调，无过于南唐后主，次则蜀两后主，又次则吴越忠懿王。

廿一、清谢章铤《叶辰溪我闻室词叙》（《赌棋山庄全集》卷一）：词渊源三百篇，萌芽古乐府，成体于唐，盛于宋，衰于元、明，复昌于国朝。温、李正始之音也，晏、秦当行之技也，稼轩出始用气，白石出始立格。呜呼！词虽小道，难言矣。

廿二、清周济《介存斋论词杂著》：李后主词，如生马驹，不受控捉。

又：王嫱、西施，天下美妇人也。严妆佳，淡妆亦佳，粗服乱头，不掩国色。飞卿，严妆也；端己，淡妆也；后主，则粗服乱头矣。

廿三、清谭献《谭评词辨》卷二：后主之词，足当太白诗篇，高奇无匹。

廿四、清陈廷焯《云韶集》卷一：五代词，犹初唐之诗也。李后主情辞凄婉，独步一时。和成绩、韦端己、毛平珪三家，语极工丽，风骨稍逊。孙孟文崛起，笔力之高，庶几唐人。自冯正中出，始极词人之工。上接飞卿，下开欧晏，五代词人断推巨擘。

又：后主词，凄艳出飞卿之右，晏欧之祖也。

又：《词则·大雅集》卷一：后主词凄艳出飞卿之右，而骚意不及。

又：《词坛丛话》：词至五代，譬之于诗：两宋犹三唐，五代犹六朝也。后主小令，冠绝一时，韦端己亦在其下；终五代之际，当以冯正中为巨擘。

又：《白雨斋词话足本》卷一：后主词，思路凄婉，词场本色，不及飞卿之厚，自胜牛松卿辈。

又：《白雨斋词话足本》卷九：李后主、晏叔原皆非中正声，而其词则无人不爱，以其情胜也。情不深而为词，虽雅不韵，何足感人？

廿五、清樊增祥《东溪草堂词选自叙》（《樊山集》卷二十三）：五季之世，二李为工，后主思深理约，致兼风雅，匪惟一朝之隽，抑亦百世之宗。降而端己《浣花》之篇，正中《阳春》之录，因寄所托，归于忠爱，抑其亚也。声音感人，回肠荡气，以李重光为君；演绎和畅而有则，以周美成为极，清劲有骨，淡雅居宗，以姜尧章为最。至于长短皆宜，高下应节，亦终无过于美成者。

廿六、王鹏运《半塘老人遗稿》：莲峰居士词，超逸绝伦，虚灵在骨。芝兰空谷，未足比其芳华。笙鹤瑶天，讵能方兹清怨。后起之秀，格调气韵之间，或月日至，得十一于千百，若小晏，若徽庙，其殆庶几。断代南渡，嗣音阒然，盖间气所钟，以谓词中之帝，当之无愧色矣。

廿七、况周颐《蕙风词话》卷一：唐五代词并不易学，五代词尤不必学，何也？五代词人丁运会，迁流至极。燕酣成风，藻丽相尚。其所为词，即能沉至，只在词中。艳而有骨，只是艳骨。学之能造其域，未为斯道增重，矧徒得其似乎。其铮铮佼佼者，如李重光之性灵，韦端己之风度，冯正中之堂庑，岂操觚之士能方其万一。

廿八、俞陛云《唐五代两宋词选释》：五代之词尚矣，传李唐之薪火，为赵宋之先河。南唐中主李璟、后主李煜，以国君而擅词手，秀压江东，与薛、顾、韦、冯方美。……二主于社屋之后，藉长短歌词，得垂声于后世，文字之寿，绵于国祚矣。

廿九、刘毓盘《词史》：于富贵时能作富贵语，愁苦时作愁苦语，无一字不真，无一字不俊，温氏以后，为五季一大家。惟《菩萨蛮》"花明月暗笼清雾"一首，又"铜簧韵脆锵寒竹"一首，未免轻薄，贻来世以口实。

卅、王国维《人间词话》：李重光之词，神秀也。又：词至李后主而眼界始大，感慨遂深，遂变伶工之词为士大夫之词。周介存置诸温、韦之下，可谓颠倒黑白矣。"自是人生长恨水长东"、"流水落花春去也，天上人间"，《金荃》、《浣花》能有此气象耶？又：词人者，不失其赤子之心者也。故生于深宫之中，长于妇人之手，是后主为人君所短处，亦即为词人所长处。又：客观之诗人，不可不多阅世。阅世愈深，则材料愈丰富，愈变化，《水浒传》、《红楼梦》之作者是也。主观之诗人不必多阅世。阅世愈浅，则性情愈真，李后主是也。又，尼采谓："一切文学，余爱以血书者。"后主之词，真所谓以血书者也。宋道君皇帝《燕山亭》词亦略似之。然而道君不过自道身世之戚。后主则俨有释迦、基督，担荷人类罪恶之意，其大小固不同矣。又《人间词话删稿》：唐五代之词，有句而无篇。南宋名家之词，有篇而无句。有篇有句，惟李后主降宋后之作，及永叔、子瞻、少游、美成、稼轩数人而已。

卅一、吴梅《词学通论》第六章：陆放翁曰："诗至晚唐五季，气格卑陋，千人一律，而长短句独精巧高丽，后世莫及，此事不可晓者。"盖其时君唱于上，臣和于下，极声色之供奉，蔚文章之大观，风会所趋，朝野一致，虽在贤知，亦不能自外于习尚也。……后唐两蜀不乏名言，李氏君臣，亦多奇制。……余谓读后主词，当分为二类，《喜迁莺》、《阮郎归》、《木兰花》、《菩萨蛮》（"花明月暗"一首）等，正为江南隆盛之际，虽寄情声色，而笔意自成馨逸。此为一类。至入宋后诸作又别为一类，其悲欢之情固不同，而自写襟抱，不事寄托，则一也。今人学之，无不拙劣矣。

卅二、蔡嵩云《柯亭词论》：词尚自然固矣，但亦不可一概论。无论何种文艺，莫不出于自然，本无所谓法，渐进则法立，更进则法密。文学技术日进，人工遂多于自然矣。词之进展，亦不外此轨辙。唐五代小令，为词之初期，故《花间》、后主、正中之词，均自然多于人工。宋初小令，如欧、秦、二晏之流，所作以精到胜，与唐五代稍异，盖人工甚于自然矣。宋初慢词，犹接近自然时代，往往有佳句而乏佳章。自屯田出而词法立，清真出而词法密，词风为之丕变。如东坡之纯任自然者，殆不多见矣。南宋以降，慢词作法，穷极工巧。稼轩虽接武东坡，而词之组织结构，有极精者，则非纯任自然矣。梅溪、梦窗，远绍清真；碧山、玉田，近宗白石，词法之密，均臻绝顶。宋词自此，殆纯乎人工矣。总之，尚自然，为初期之词，讲人工，为进步之词。词坛上各占地位，学者不妨各就性之所近而习之。必是丹非素，非通论也。

卅三、唐圭璋《南唐二主词总评》：尤其后主晚期，自抒真情，直用赋体白描，不用典，不雕琢，血泪凝成，感人至深。

又《李后主评传》：在词一方面，第一就要推到李后主了。他的词也是直言本事，一往情深；既不像《花间集》的浓艳隐秀，蹙金结绣；也没有什么香草美人，言此意彼的寄托。加之他身为国主，富贵繁华到了极点；而身经亡国，繁华消歇，不堪回首，悲哀也到了极点。正因为他一生经过这种极端的悲哀，遂使他在文学上的收成，也格外光荣而伟大。在欢乐的词里，我们看见一朵朵美丽之花；在悲哀的词里，我们看见一缕缕的血痕泪痕。……又有集十卷，今皆失传，传于今的，只是一些零星的诗词。诗也很好，词在文学的领域上，尤能放出万丈的光焰来。

又《屈原与李后主》：今传之屈赋及后主词，纯任性灵，不假雕饰，真是字字血泪。惟二人个性不同，环境不同，故其所表现之文学，亦各异其情，各有真价。若感人之深，影响之大，千载以来，固无异言云。……屈原为阳刚作家，后主为阴柔作家。……后主以天性柔顺，甘受任何恶势力之侵逼，故其所发之感情，率为哀伤一路，怨则怨人，伤则自伤也。……在我国古代文学史上，屈原为最早之大诗人，李后主为后来之大词人。自思想性方面观察，后主自不能与屈原相提并论；但后主纯以白描手法，直抒内心极度悲痛，其高超之艺术造诣，感染后来无数广大群众，影响后来词学发展，此其不朽之处，似未可完全否定也。

卅四、龙榆生《南唐二主词叙论》：诗客曲子词，至《花间》诸贤，已臻极盛。南唐二主，乃一扫浮艳，以自抒身世之感，与悲悯之怀，词体之尊，乃上跻于风骚之列。此由其知音识曲，而又遭罹多故，思想与行为，发生极度矛盾、刺激过甚，不期然而进行恻隐哀怨之音。二主词境之高，盖亦环境迫之使然，不可与温、韦诸人同日而语也。……后主一生，即在极端矛盾生活中度过。迨遇过度刺激，血泪迸流，造成后期哀感缠绵之作品。……后主仁爱足感遗民，而生活却成奴虏，笃信竺乾教义，而又不能彻悟"真空"，重重矛盾交战于中，而自然流露于音乐化的文字。读后主后期作品，但觉"可哀惟有人间世"（朱彊村先生绝笔《鹧鸪天》词句），听教坊离曲，"挥泪对宫娥"。……正极度伤心人语。爱恋如嫔妾，且不能相保。无涯之痛，自饶弦外之音。后主词不能以迹象求，而感人力量，非任何词家所能企及。……所谓"春花秋月何时了"，所谓"无奈朝来寒雨晚来风"，所谓

"天教心愿与身违"，所谓"流水落花春去也，天上人间"，并极怆恻缠绵，无可奈何之致。所谓"别时容易见时难"，所谓"别是一般滋味在心头"，何等怨抑，不但"亡国之音哀以思"而已。往日笙歌醉梦，光景留连（《阮郎归》词中语）至此时，对月已改朱颜，贪欢惟在梦里，凭兹血泪渗入新词；不独与《花间》作风，殊其旨趣；曲子词之有真生命，盖自后主实始发扬。总之，后主词之高不可攀，由多方面之涵濡与刺激，迫而自然出此；此非专恃天才或学力者之所能为也。（1936 年 6 月《词学季刊》三卷二号）

李璟传记资料

一、宋薛居正《旧五代史》卷一三四：景，本名璟，及将臣于周，以犯庙讳，故改之。昪之长子也。昪卒，乃袭伪位，改元为保大。以仲弟遂为皇太弟，季弟达为齐王，仍于父枢前设盟约，兄弟相继。景僭号之后，属中原多事，北土乱离，雄据一方，行僭一纪。其地东暨衢婺，南及五岭，西至湖湘，北据长淮，凡三十馀州，广袤数千里，尽为其所有，近代僭窃之地，最为强盛。……周显德二年（955年）冬，世宗始议南征，以宰臣李穀为前军都部署。是冬，周师围寿春。三年（956年）春，世宗亲征淮甸，大败淮寇於正阳，遂进攻寿州。寻又今上败何延锡于涡口，擒皇甫晖于滁州。景闻之大惧，遣其臣钟谟、李德明等奉表于世宗，乞为附庸之国，仍岁贡百万之数。又进金银器币及犒军牛酒。未几，又遣其臣孙晟、王崇质等奉表修页，且言："景愿割濠、寿、泗、楚、光、海六州之地，隶于大朝，乞罢攻讨。"世宗未之许。……四年（957年）春，世宗再驾南征。三月，大败江南援军于紫金山，夺下寿州，乃命班师。是岁冬十月，世宗复临淮甸，连下濠、泗二郡，进攻楚州。明年春正月，拔之，遂移幸扬州，驻大军于迎銮，将议济江。景闻之，自谓亡在朝夕，乃欲谋传位其世子，使称藩于周。遣其臣陈觉奉表陈情，且顺世宗之旨焉。觉至，世宗召对于御幄，是时江北诸州，惟庐、舒、蕲、黄四郡未下，世宗因谓觉曰："江南国主若能以江北之地尽归于我，则朕亦不至于穷兵黩武。"觉闻命忻然，即遣人过江取景表，以庐、舒、蕲、黄四州来上，乞画江为界，仍岁贡地征数十万。世宗许之，乃还京。自是景始行大朝正朔，上章称唐国主臣景，累遣使修贡，亦不失外臣之礼焉。皇朝建隆二年夏，景以疾卒于金陵，时年四十六。以其子煜袭伪位，其后事具皇家日历。

二、宋欧阳修《新五代史》卷六二本传：景，初名景通，昪长子也。既立，又改名璟。徐温死，昪专政，以为兵部尚书、参知政事。明年，昪镇金陵，留景为司徒、同平章事。与宋齐丘、王令谋居广陵，辅杨溥。昪将篡国，召景归金陵为副都统。昪立，封齐王。昪卒，嗣位，改元保大。……盟于昪枢前，约兄弟世世继立。……景以冯延巳、常梦锡为翰林学士，冯延鲁为中书舍人，陈觉为枢密使，魏岑、查文徽为副使。梦锡值宣政殿，专掌密命，而延巳等皆以邪佞用事，吴人谓之"五鬼"。梦锡屡言五人者不可用，景不纳。……十三年（955年）十一月，周师南征。……乃拜李谷为行营都部署，攻自寿州始。是时，宋齐丘为洪州节度使，景召齐丘还金陵，以刘彦贞为神武统军，刘仁瞻为清淮军节度使，以拒周师。……世宗营于淝水之阳，徙浮桥于下蔡。景遣林仁肇等争之不得，而周师取滁州，景惧，遣泗州牙将王知朗至徐州，称唐皇帝奉书，愿效贡赋，陈兄事之礼，世宗不答。景东都副留守冯延鲁、光州刺史张绍、舒州刺史周祚、泰州刺史方讷皆弃城走。延鲁削发为僧，为周兵所获。蕲州裨将李福杀其刺史王承隽降周。景益惧，始改名景以避周庙讳。遣其翰林学士钟谟、文理院学士李德明奉表称臣，献犒军牛五百头、酒二千石、金银罗绮数千，请割寿、濠、泗、楚、光、海六州，以求罢兵。世宗不报，分兵袭下扬、泰。景遣人怀腊丸书走契丹求救，为边将所执。光州刺史张承翰降周。……初，周师南征，无水战之具，已而屡败景兵，获水战卒，乃造战舰数百艘，使降卒教之水战，命王环将以下淮。景之水军多败，长淮之舟，皆为周师所得。……景初自恃水战。以周兵非敌，且未能至江。及觉（陈觉）奉使，见舟师列于江次甚盛，以为自天而下，乃请曰："臣愿还国取景表，尽献江北诸州，如约。"世宗许之。……是时扬、泰、滁、和、寿、濠、泗、楚、光、海等州，已为周得，景遂献庐、舒、蕲、黄，画江以为界。正月，景下令去帝号，称国主，奉周正朔，时显德五年也。……六月，景卒，年六十四（一本作"四十六"）。从嘉嗣立，以丧归金陵，遣使入朝，愿复景帝号。太祖皇帝许之，乃谥曰明道崇德文宣孝皇帝，庙号元宗，陵曰顺陵。

三、宋郑文宝《南唐近事》卷二：元宗嗣位之初，春秋鼎盛，留心内宠，宴和击鞠，略无虚日。常乘醉命乐工杨花飞奏《水调》词进酒。花飞惟歌"南朝天子好风流"一句，如是者数四。上既悟，覆杯大怿，厚赐金帛，以旌敢言。上曰："使孙、陈二主得此一句，固不当有衔璧之辱也。"翌日，罢诸欢宴，留心庶事，图闽吊楚，几致治平。

又《江表志》卷中：上友爱之分，备极天伦。登位之初，与太弟遂、燕王遏、齐王达，出处游宴，未尝相舍，军国之政，同为决策。保大五年（947年），元日大雪。上诏太弟以下登楼展宴，咸命赋诗，令中使就私第赐李建勋。建勋方会中书舍人徐铉、勤政殿学士张义方于溪亭，即时和进。元宗乃召建勋、铉、义方同入，夜艾方散。

四、宋李颀《古今诗话》：南唐元宗割江之后，金陵对岸，即是敌境。因迁都豫章，每北望，忽忽不乐，有诗曰："灵槎思浩荡，老鹤忆崆峒。"又《庐山百花亭刊石》云："苍苔迷古道，红叶乱朝霞。"皆佳句也。（引见郭绍虞《宋诗话辑佚》）

五、宋史虚白《钓矶立谈》：元宗神采精粹，词旨清畅，临朝之际，曲尽姿制。湖南尝遣廖法正将聘，既还，语人曰："汝未识东朝官家，其为人粹若琢玉，南岳真君恐未如也。"是以荆渚孙光宪叙《续通历》云"圣表闻于四邻"，盖谓此也。又：天性雅好古道，被服朴素，宛同儒者。时时作为歌诗，皆出入风骚，士人传以为玩，服其新丽。

六、清吴任臣《十国春秋》卷一六：元宗名璟，字伯玉，烈祖长子。母元敬皇后。初名景通。风度高秀，工属文，年始十岁，官驾部郎中，累进诸卫将军，拜司徒、平章事、知中外诸军事、都统。烈祖为齐王，立为王太子，固让。及受禅，封吴王，徙封齐王，为诸道兵马大元帅。昪元四年八月，立为皇太子。……是日（保大元年春三月己卯朔），即皇帝位，大赦境内，改元保大。……建隆二年（961 年）六月，疾革，亲书遗令，留葬西山，累土数尺为坟，且曰："违吾言，非忠臣孝子。"夕有大星殒于南都。庚申，殂于长春殿，年四十六。后主不忍从遗令，迎梓宫还。秋八月，至金陵。丁未，殡于宫中万寿殿，告哀于宋，且请追复帝号，许之。乃谥曰："明道崇德文宣孝皇帝"，庙号"元宗"。明年正月戊寅，葬顺陵。帝音容闲雅，眉目若画。……好读书，能诗。元宗《春恨》、《浣溪沙》词及《帝台春》词，称为绝伦。……多才艺，便骑善射。少喜栖隐，筑馆于庐山瀑布前，盖将终焉，迫于绍袭而止。

七、龙榆生《唐宋名家词选》：李璟，字伯玉，初名景通，烈祖元子也，美容止，器宇高迈，性宽仁，有文学。甫十岁，吟《新竹》诗云："栖凤枝梢犹软弱，化龙形状已依稀。"人皆奇之。烈祖受禅，封吴王。累迁太尉、中书令、诸道元帅，录尚书事，改封齐王。嗣位，改元保大，在位十九年，以宋建隆二年（961 年）六月，殂于南都（南昌），年四十六，庙号元宗。……词传世者只四阕。……

李煜传记资料

一、宋欧阳修《新五代史》卷六二：煜字重光，初名从嘉，景第六子也。煜为人仁孝，善属文，工书画，而丰额骈齿，一目重瞳子。自太子冀已上，五子皆早亡，煜以次封吴王。建隆二年（961年），景迁南都，立煜为太子，留监国。景卒，煜嗣立于金陵。……煜尝以熙载尽忠，能直言，欲用为相，而熙载后房姬妾数十人，多出外舍私侍宾客，煜以此难之。……熙载卒，煜叹曰："吾终不得熙载为相也。"……开宝四年（971年），煜遣其弟韩王从善朝京师，遂留不遣。煜手疏求从善还国，太祖皇帝不许。煜尝怏怏以国蹙为忧。日与臣下酣宴，愁思悲歌不已。……煜性骄侈，好声色，又喜浮图，为高谈，不恤政事。六年（973年），内史舍人潘佑上书极谏，煜收下狱，佑自缢死。七年（974年），太祖皇帝遣使诏煜赴阙，煜称疾不行。王师南征，煜遣徐铉、周惟简等奉表朝廷求缓师，不答。八年（975年）十二月，王师克金陵。九年（976年），煜俘至京师，太祖赦之，封煜违命侯，拜左千牛卫将军。……太祖皇帝之出师南征也，煜遣其臣徐铉朝于京师。铉居江南，以名臣自负。其来也，欲以口舌驰说存其国，其日夜计谋思虑言语应对之际详矣。及其将见也，大臣亦先入请，言铉博学有才辩，宜有以待之。太祖笑曰："第去，非尔所知也。"明日，铉朝于廷。仰而言曰："李煜无罪，陛下师出无名。"太祖徐召之升，使毕其说。铉曰："煜以小事大，如子事父，未有过失，奈何见伐？"其说累数百言。太祖曰："尔谓父子者为两家可乎？"铉无以对而退。呜呼，大哉，何其言之简也。

二、后周陶穀《清异录》卷上：李煜在国，微行倡家，遇一僧张席，煜遂为不速之客。僧酒令讴吟弹吹，莫不高了。见煜明俊蕴藉，契合相爱重。煜乘醉大书右壁曰："浅斟低唱，偎红倚翠，大师鸳鸯寺主，传持风流教法。"久之僧拥妓之屏帷，煜徐步而出，僧妓竟不知煜为谁也。煜尝密谕徐铉，铉言于所亲焉。

三、宋陈彭年《江南别录》：（后主）幼而好古，为文有汉魏风。母兄冀为太子，性严忌，后主独以典籍自娱，未尝干预时政。

四、宋史虚白《钓矶立谈》：叟昔于江表民家见窃写真容，观其广颡隆准，风神洒落，居然有尘外意，又：后主性喜学问。……其论国事，每以富民为务。好生戒杀，本其天性。承蹙国之后，群臣又皆寻常充位之人，议论率不如旨，尝一日叹曰："周公仲尼，忽去人远，吾道芜塞，其谁与明。"乃著《杂说》数千万言曰："特垂此空文，庶几百世之下有以知吾心耳。"

五、宋尤袤《江南野史》卷三：后主自少俊迈，喜肆儒学，工诗，能属文，晓悟音律，姿仪风雅，举止儒措，宛若士人。

六、宋文莹《湘山野录》卷中：江南李后主煜性宽恕，威令不素著，神骨秀异，骈齿，一目有重瞳。笃信佛法。殆国势危削，自叹曰："天下无周公、仲尼，君道不可行，但著《杂说》百篇以见志。"十一月，猎于青龙山，一牝狙触网于谷，见主两泪，屡指其腹，主大怪，戒虞人保以守之。是夕，果诞二子，因惑之。还幸大理寺，亲录囚系多所，原贷一大辟妇，以孕在狱，产期满则伏诛，未几并诞二子。煜感牝狙之事，止流于远，吏议短之。

七、宋刘斧《翰府名谈》（引见《诗话总龟》前集卷三三）：李煜暮岁乘醉书于牖曰："万古到头归一死，醉乡葬地有高原。"醒而见之大悔，不久谢世。

八、宋沈括《梦溪笔谈》卷下：江南库中书画至多。……后主善画，尤工翎毛。或云，凡言钟隐笔者皆后主自画。后主尝自号钟山隐士，故晦其名谓之钟隐，非姓钟人也。今世传钟画，但无后主亲题者皆非也。

九、宋阮阅《诗话总龟》前集卷二四引《江南野录》：刘洞尝以诗百馀首献李煜，首篇乃《石城怀古》云："石城古岸头，一望思悠悠。几许六朝事，不禁江水流。"煜览之，掩卷改容。金陵将危，为七言诗，大榜于路旁曰："千里长江皆渡马，十年养士得何人！"又云："翻忆潘郎奏章中，惝惝日暮好沾巾。"盖潘佑表云"家国惝惝，如日将暮"也。

十、宋高晦叟《珍席放谈》卷上：江南李后主善词章，能书画，皆臻妙绝。是时纸笔之类亦极精致。世传尤好玉屑笺，于蜀主求笺匠造之，惟六合水最宜于用，即其地制作。今本土所出麻纸无异玉屑，盖所造遗范也。

十一、宋王铚《默记》卷中：小说载江南大将获后主宠姬者，见灯辄闭目云："烟气！"易以蜡烛，亦闭目云："烟气愈甚！"曰："然则宫中未尝点烛耶"？云："宫中本阁每至夜，则悬大宝珠，光照一室，如日中也。"观此，则李氏之豪侈可知矣。

十二、宋不著撰人《宣和画谱》卷一七：江南伪后主李煜，字重光。政事之暇，寓意于丹青，颇到妙处。自称钟峰隐居，又略其言曰钟隐，后人遂与钟隐画浑淆称之。然李氏能文，善书画，书作颤笔樛曲之状，遒劲如寒松霜竹，谓之"金错刀"；画亦清爽不凡，别为一格。然书画同体，故唐希雅初学李氏之错刀笔，后画竹乃如书法，有颤掣之状，而李氏又复能为墨竹，此互相备取也。其画虽传世者不多，然推类可以想见，至于画《风虎云龙图》者，便见有霸者之略，异于常画，盖不期至是。而志之所之，有不能遏者，自非吾宋以德服海内，而率土归心者，其孰能制之哉。

十三、宋叶梦得《石林燕语》卷四：江南李煜既降，太祖尝因曲燕问："闻卿在国中好吟诗。"因使举其得意者一联。煜沉吟久之，诵其《咏扇》云："揖让月在手，动摇风满怀。"上曰："满怀之风却有多少？"他日复燕煜，顾近臣曰："好一个翰林学士。"

十四、宋马令《南唐书》卷五：（开宝）八年（975年），春，阅民为师徒，……凡一十三等，皆使扞敌守把。……秋，洪州节度使朱令赟将兵一十五万屯浔阳、湖口。……以书召南郡留守刘克贞，代镇湖口。克贞以病留，令赟亦未进。国主累促之。令赟以长筏大舰，帅水陆诸军。至虎蹲洲，与（宋）王师遇。舟筏俱焚，令赟死，馀众皆溃，金陵受围经岁，城中斗米万钱，死者相枕藉。自润州降后，不闻外信。或云令赟已败，国主犹意其不实。冬，百姓疫死。士卒乏食。大军决以十有一月乙未破城。国主议遣其子清源公仲寓出通降款。左右以谓壁垒如此，天象无变，岂可计日取降。是日，城果陷。宫中图籍万卷，尤多钟王墨迹。国主尝谓所幸保仪黄氏曰："此皆累世宝惜。城若不守，尔可焚之，无使散逸。"及城陷，文籍尽炀。光政使陈乔曰："吾当大政，使国家致此，非死无以谢。"乃自缢死。诸将战没者，犹数十人。昇元寺阁崇构，因山为基，高可十丈。……士大夫暨豪民富商之家，美女少妇，避难于其上，迨数百人，越兵举火焚之，哭声动天，一旦而烬。大将曹彬整军成列，至其宫门。门开，国主跪拜纳降。彬答拜，为之尽礼。先是，宫中预积薪。煜誓言社稷失守，当携血属赴火。既见彬，彬谕以归朝俸禄有限，费用日广。……一归有司之籍，既无及矣。遣煜入治装，裨将梁迥、田钦祚力争，以谓苟有不虞，咎将谁执。彬笑而不答。迥等固谏。彬曰：彼能出降，安能死乎。翌日治舟。彬遣健卒五百人为津，致辎重登舟，……煜举族冒雨乘舟，百司官属仅十艘。煜渡中江，望石城，泣下。自赋诗云："江南江北旧家乡，三十年来梦一场。吴苑宫闱今冷落，广陵台殿已荒凉。云笼远岫愁千片，雨打归舟泪万行。兄弟四人三百口，不堪闲坐细商量。"至汴日，登普光寺，擎拳赞念。久之，散施缯帛甚众。

十五、宋陆游《南唐书》卷三：后主天资纯孝，事元宗尽子道。……嗣位之初，属保大军兴之后，国削势弱，帑庾空竭。专以爱民为急，蠲赋息役，以裕民力。尊事中原，不惮卑屈。境内赖以少安者十有五年。宪司章疏，有绳纠过讦者，皆寝不下。……然酷好浮屠，崇塔庙，度僧尼，不可胜算。……以故颇废政事。……兵兴之际，降御札移易将帅，大臣无知者。……长围既合，内外隔绝。城中之人，惶怖无死所。后主方幸净居室，听沙门，……讲楞严圆觉径。……群臣皆知国亡在旦暮，而张洎犹谓北师已老，将自遁去。后主益甘其言，晏然自安。命户部员外郎伍乔，于围城中放进士孙确等三十八人及第。……故虽仁爱足以感其遗民，而卒不能保社稷云。

十六、元方回《瀛奎律髓》卷四四：李后主号能诗词，偶承先业，据有江南，亦僭称帝，数十州之主也。集中多有病诗，先有五言律云："病态加衰飒，厌厌已五年。"看此诗，真所谓衰飒憔悴，岂"大风"、"横汾"之比乎，宜其亡也。或谓此乃已至大兴之后。即不然矣。七言有云：衰颜一病难牵复，晓殿君临颇自羞。"又云："冷笑秦皇经远略，静怜姬满苦时巡。"盖君临之时也。又《病中书事》："病身坚固道情深，宴室清香思自任。月照静室惟捣药，门局幽院只来禽。庸医懒听词何取，小婢将行力未禁。赖问空门知气味，不然烦恼万涂侵。"此诗八句俱有味，然不似人主之作，只似贫士大夫诗也。

十七、清吴任臣《十国春秋》卷一七：后主名煜，字重光，初名从嘉，元宗第六子也，母光穆圣后钟氏。为人仁惠，有慧性。雅善属文，工书画，知音律。广额丰颊，骈齿，一目重瞳子。文献太子恶其有奇表，从嘉避祸，惟覃思经籍。历封安定郡公，郑王。文献太子卒，徙吴王，以尚书令知政事，居东宫。建隆二年（961 年），元宗南迁，立为太子，留金陵监国。……六月，元宗晏驾，嗣立于金陵。更今名，居表哀毁，几不胜。大赦境内。……乙亥岁春二月壬戌，宋师拔金陵阙城。……乙未，城陷，将军呙彦、马诚信及弟承俊帅将士数百，力战而死。……明年春正月辛未，至汴京。（封违命侯）……太宗即位，始去违命侯，加特进，封陇西郡公。太平兴国二年，后主自言其贫。宋太宗命增给月奉，仍予钱三百万。太宗常幸崇文院观书，召后主及南汉后主令纵观，谓后主曰："闻卿在江南好读书，此简策多卿旧物，归朝来颇读书否？"后主顿首谢。三年七月辛卯薨（一云：宋太宗使徐铉见后主于赐第。后主忽呼叹曰："当时悔杀潘佑、李平。"铉不敢隐，遂有赐后主牵机药之事，盖饵其药则病，前却数十回，头足相就如牵机状也。又后主在赐第，七夕，命故伎作乐，声闻于外。太宗闻之大怒，又传"小楼昨夜又东风"，又"一江春水向东流"句，并坐之，遂被祸云。又《南唐拾遗记》云："后主归宋后，郁郁不自聊，常作长短句'帘外雨潺潺'云云，情思凄切，未几下世。"）年四十二，是日七夕也。后主盖以是日生，赠太师，封吴王，葬洛阳北邙山。……自入宋，忽忽不乐，常与金陵旧宫人书词，甚悲惋，不可忍。（有云："此中日夕以眼泪洗面。"又念嫔妾散落，赋《虞美人》词以见志。又作长短句云："无限江山，别时容易见时难。"故臣闻之，有泣下者。）凶问至江南。父老多有巷哭者。……论曰：后主恂恂大雅，美秀多文，向使国事无虞，中怀兢业，抑亦守邦之主也。乃运丁百六，晏然自侈，谱曲度僧，略无虚日，遂至京都沦丧，出涕嗟若，斯与长城之"玉树后庭"、卖身佛寺以亡国者，何其前后一辙耶？悲夫！

十八、清张德瀛《词徵》卷五：李后主善音律。尝造《念家山破》，（唐教坊曲有《念家山》，后主衍之为《念家山破》。马令《南唐书》云："其声噍杀而名不祥，乃败徵也。"）及《振金铃曲》。今后主词所传者三十四阕，而两曲无之。

十九、龙榆生《唐宋名家词选》：李煜，字重光，元宗第六子，初名从嘉。文献太子卒，以尚书令知政事，居东宫。元宗十九年，立为太子。元宗南巡，太子留金陵监国。建隆二年（961年）嗣位，在位十五年。开宝八年（975年），宋将曹彬攻破金陵，煜出降。明年，至京师，封违命侯。太平兴国三年（978年）七月七夕殂，年四十二。煜嗣位初，专以爱民为急，蠲赋息役，以裕民力。尊事中原，不惮卑屈。境内赖以少安者，十有五年。殂问至江南，父老有巷哭者。然酷好浮屠，崇塔庙，度僧尼不可胜算。罢朝，辄造佛屋，易服膜拜，颇废政事。故虽仁爱足感遗民，而卒不能保社稷云。煜后周氏，善歌舞，尤工琵琶。……煜对歌词之成就，于家庭父子夫妇间，与当时风气，皆有绝大影响，尤以周昭惠后精通乐律，从旁赞助之力为多焉。煜词传世者，有明万历庚申（1620 年）虞山吕远墨华斋刊《南唐二主词》本，存后主词三十三首，中多残缺，亦有他人之作混入其中，盖皆后人辑录而成者。清康熙二十八年（1689 年）侯文灿刻《十名家词集》本《二主词》，与吕刻本殆出一源，惟无最末的《捣练子》"云鬟乱"一首。《全唐诗》载后主词三十四阕，未悉所据何本。此外有刘继曾校笺本，王国维校记本，可供参证。